希臘亞陀斯半島

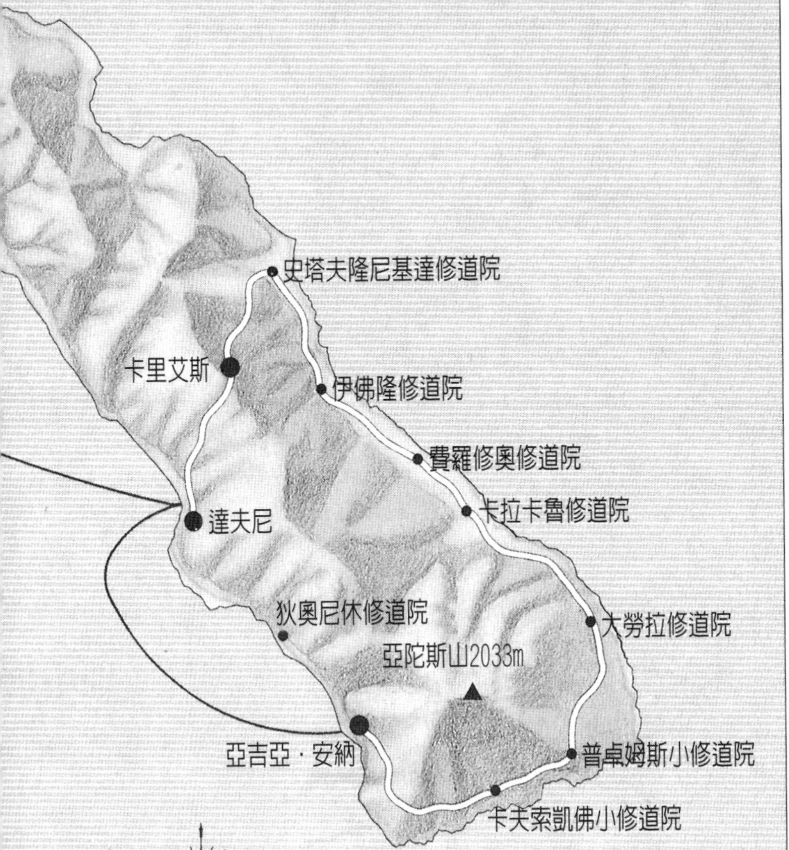

史塔夫隆尼基達修道院
卡里艾斯
伊佛隆修道院
費羅修奧修道院
達夫尼
卡拉卡魯修道院
狄奧尼休修道院
大勞拉修道院
亞陀斯山2033m
亞吉亞·安納
普卓姆斯小修道院
卡夫索凱佛小修道院
3km

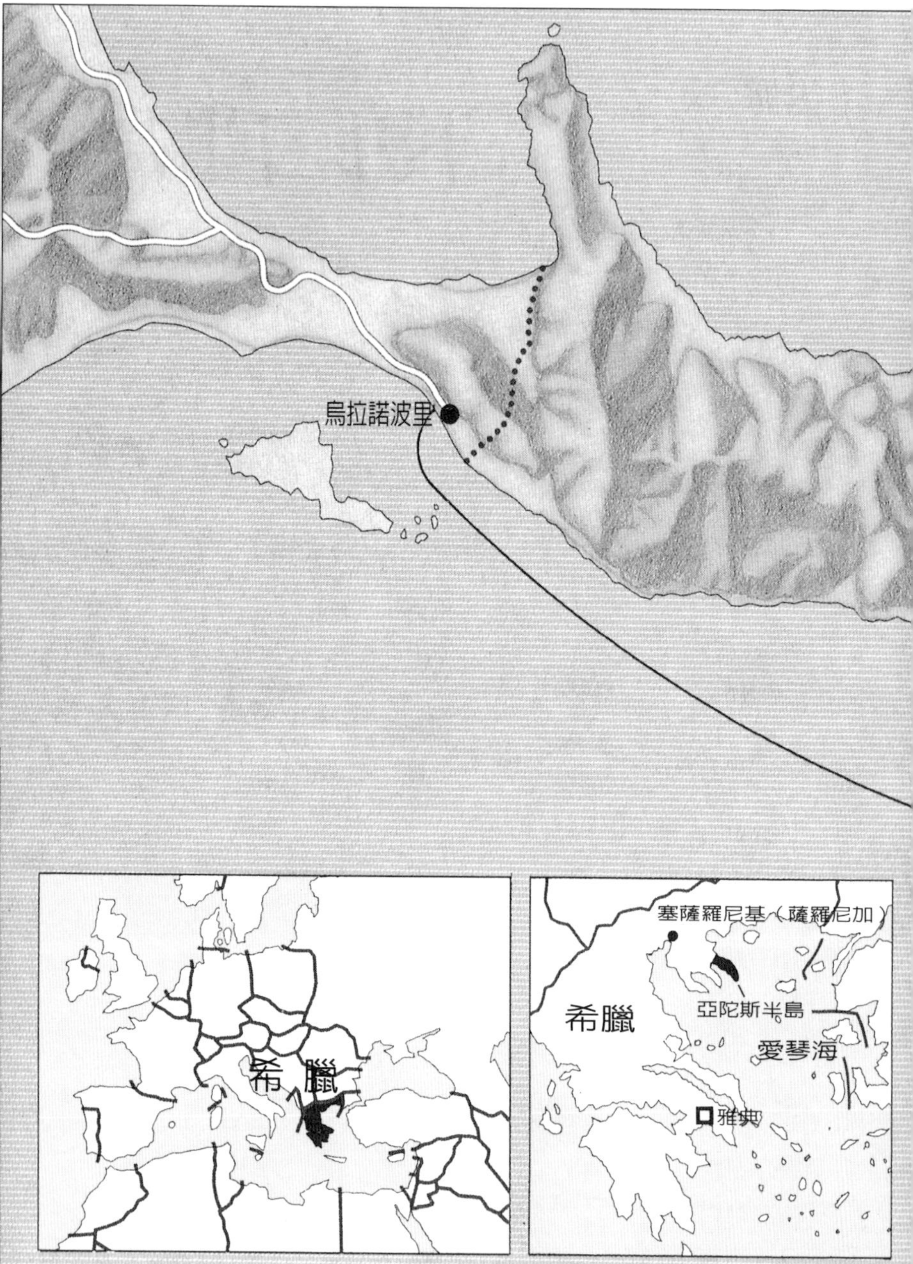
烏拉諾波里
希臘
希臘
塞薩羅尼基（薩羅尼加）
亞陀斯半島
愛琴海
雅典

藍小說 ⑨②⑦

村上春樹作品集

雨天炎天

希臘・土耳其邊境紀行

村上春樹著　張致斌譯

CONTENTS

目錄

希臘篇

土耳其篇

希臘篇

亞陀斯——上帝的眞實世界

告別真實世界

首先是在烏拉諾波里(Ouranopoli)搭船。

前往亞陀斯(Athos)半島的朝聖之旅，就是從這個地方開始，也在這個地方結束。從這裡出發，然後——如果想要回來的話——再回到這裡。

烏拉諾波里位於亞陀斯半島的基部，是個濱海的度假小城。渡船在早上七點四十五分由這裡的港口開出。每天就只有這麼一班而已。因此，盡可能提早一天抵達這裡，在旅館住一宿，悠哉游哉地吃過早餐，再從從容容登船，這或許才是上上之策。一旦錯過了這班船，就必須面對被困在烏拉諾波里城裡二十四個小時直到第二天早上，相當悲慘的下場（而我們就實際遇上了）。

從烏拉諾波里搭船前往達夫尼(Dafni)約需兩個小時。雖然這是段躺在甲板上悠閒地做個日光浴剛剛好的時間，但是這兩個小時左右的航程，卻將世界分成了截然不同的兩種面貌。烏拉諾波里與達夫尼這兩個城鎮之間，就是存在著如此決定性的差異。這兩個城鎮，不但各自形成的過程不同，從而形成的規範與價值觀也都迥異。不但住民的類型不一樣，生活的目標也不相同。簡單來說，烏拉諾波里是個屬於污濁而卑微的我等俗世間的城鎮；另一方面，達夫尼則是個屬於由普遍性、清廉與信仰所支撐的神聖領域的城鎮。而這兩個即使還不至於說是背道而馳，但是在許多地方也是南轅北轍的城鎮，就是靠這每天一班的渡船維持著零星的聯繫。

在烏拉諾波里——順便一提，Ouranopoli這個名字，有heavenly town之意——有幾家小旅社，有小吃店，有海灘，有碼頭，路邊則停滿了一輛輛掛著德國車牌的露營車。這個城鎮的規模是，由一條馬路的這頭到那頭，大抵靠步行就足夠了的程度。有美麗的海灘、寬廣到令人瞠目結舌的停車場（可能是前往亞陀斯的人都把車停在這裡吧），以及碼頭。還有作用不明，造型像是塔的古老石造建築物。小吃店的門口掛著寫有「Wir Sprechen Deutsch」（我們會說德語）的招牌，店裡傳出一股油炸小烏賊(kalamaria)的獨特香味。戴著深色太陽眼鏡的泳裝女郎趿著橡膠拖鞋踱過馬路。收音機裡流瀉出麥可・傑克森(Michael Jackson)那與周遭風景極不相稱的歌曲。It's bad, it's bad……。陰涼處，有隻大狗有如徘徊在生死邊緣般深深沉睡著。自助旅行者寶貝兮兮地抱著四十五圓一大條的麵包走過。咖啡廳裡，當地的老人們一根接一根抽著菸，不斷在污染周遭的空氣以及自己的肺。這裡是個希臘隨處可見的小型生財式海灘旅遊區。只不過，這裡就是最後了。這裡是我們渺小的眞實世界的小小盡頭。再往前去，就不再有女人，沒有小吃店，聽不到麥可．傑克森，也沒有德國觀光客了。連德國觀光客也沒有囉，Baby。沒錯，這裡便是塵世的盡頭之處；滿足慾望的最後機會；眞實世界的最前線。

沒趕上渡船的我們，好不容易在碼頭找到一艘正要運送工程材料前往達夫尼的船，經過交涉，船長收了三千圓順便載我們過去。乘客只有我們而已。這樣也好，至少不必在烏拉諾波里浪費一整天了。

不過那姑且不提，我發現這片海是多麼美麗啊。離開烏拉諾波里的港口後沒有多久，我們便進入了一個嶄新的領域。我將身子探出欄杆外靜靜看著這片大海，久久都不覺厭倦。雖然希臘境內美麗的海很多，可是我卻不曾看過像亞陀斯這裡一樣充滿了美感的海。如果只是清澈、蔚藍而美麗的海，我當然看過許多。然而此處的海之美，卻和那種美截然不同。該怎麼說呢，那是完全不同次元的透明度與蔚藍。海水簡直有如眞空的空間般澄澈剔透，而且染上了深深的葡萄酒色。是的，宛如大地所釀造的葡萄酒由地底裂縫汩汩湧出而將海水染上了色彩般，令人目眩的藍。其中包含了艷生生的冷冽清澈，包含了豐饒，也包含了足以打破所有概念性限制的駭人深度。此外，夏末早晨強烈的陽光有如利刃般猛烈刺入其中，經過折射而燦爛地迸散開來。輪廓分明的船影映在海底，搖晃著。魚群在無聲中由其中穿過。海水並沒有受到污染。極目四望，都沒有發現任何污染物。只覺得這彷彿已經不能夠稱作是海了。忽然間，我甚至認爲那像是某種儀式。一種經過驚人的時間與犧牲而徹底式樣化，並且因爲深入美的核心而使得原本的意義喪失殆盡的儀式，那令我想到了這樣的儀式。

這片海便是美麗如斯。

隨著船在這樣的大海上前進，炸烏賊、泳裝女郎、麥可·傑克森、萬寶路廣告，以及其他一切的一切，都在身後漸漸越變越小。隨後就在不知不覺間消失了。一旦消失之後，甚至連這些事物曾經存在這回事，在我的腦袋裡都逐漸變得模糊不清。映入我眼簾的，只有半島崎嶇的海岸與嶙峋的岩壁而已。然後，沿著海岸線逐漸前進，彷彿是從中世紀經由時空轉移而來的修道院莊嚴的形影便開始出現在眼前。亞陀斯到了。

亞陀斯是個什麼樣的世界呢

要前往亞陀斯旅行，有幾件事情我們必須先了解才行。其中最基本的事項就是——亞陀斯半島事實上完全是另外一個世界。亞陀斯，是個以完全不同於我們世界的機制來運作的世界。這個機制，正是希臘正教。這塊土地是希臘正教的聖地，人們爲了接近神而走訪此地。因此之故，儘管這塊土地位於希臘境內，卻爲政府承認爲宗教聖地而享有完全的自治權。

治理亞陀斯的律法，要比世界上任何世俗的法律或是憲法都要來得古老，並且有力。此地曾經爲東羅馬帝國所統治，接著被土耳其人統治，而後爲希臘政府所統治。但不論處於何種政治體系之下，亞陀斯宗教共同體的體制都絲毫沒有動搖。這就是亞陀斯。

亞陀斯半島目前存在著二十間修道院，約有兩千名僧侶在此進行刻苦嚴格的修行。他們一面過著與創設修道院的拜占庭時代幾乎沒有兩樣、簡樸的自給自足式生活，一面日夜祈禱，企求能夠接近神。他們是極爲嚴肅而認眞的人。爲了求得宗教的眞理與至福，他們遠離塵囂、斬斷世俗的慾望來修行。由於這種祈禱需要非常微妙的集中力，他們才特地來到這個聖域。所憑藉的，絕非只是童子軍活動那樣的規章而已。這種認知一定得先牢記在腦袋裡才行。

因此，不但沒有任何女性住在這裡，連入山也被禁止。有這種東西——這種說法未免也太過分了——存在的話，會成爲修行的妨礙。據說連雌性的動物都不准進入。雄性則全部遭到去勢。但不用說，並非在亞陀斯的所有動物都只有雄性。這種說法只限於家畜之類的大型動物而已。

此外，由於此地是屬於希臘正教教徒的土地，外國來的異教徒若要進入，必須取得希臘外交部核發的特別簽證。若是閒雜人等蜂擁而至，就沒有辦法靜心修行了。外國人的停留期限原則上是四天三夜，要取得超過此限的停留許可相當困難。

根據傳說，聖母瑪利亞在乘船欲前往賽浦路斯(Cyprus)拜訪拉撒路(Lazarus)的途中，遭遇暴風而偏離航路，但在神的導引下漂流到這亞陀斯海岸。在此之前，這個地方都是由可惡的異教徒所統治，但是當聖母瑪利亞的腳一踏上岸，所有的偶像便立刻化爲齏粉。瑪利亞將這亞陀斯定爲神聖庭園，並且宣告：女性永遠勿踏足此地。於是，亞陀斯從此便成爲受到神所祝福的聖地了。

有這麼一個故事。

如果在現代發生了這種事，想必瑪利亞會遭受全世界女性主義團體的強烈譴責吧。但這畢竟是將近兩千年以前的故事了，所以並未觸怒任何人。於是從那之後，女性便不能夠踏上此地了。如果要我表示個人感想的話，我認爲世界上有這麼一個不准女性踏上一步的地方，似乎也不錯。如果哪裡有個不准男人涉足的場所，我也沒什麼好生氣的。

話說，此地修建起正式的修道院，是西元十世紀的事。據說在全盛時期，有四十間修道院，有兩萬名僧侶在此修行。在土耳其帝國統治的時代，由於曾經發生過財政問題，加上海盜屢屢來犯，此地一度顯得相當沒落，但是在進入二十世紀之後又逐漸呈現復興之兆，直至今日。尤其是自六〇年代以降，由於對物質主義失望，許多年輕人便摒棄了這種價値觀而投身於宗教，特別是大學畢業的知識分子出家而蟄居於此的例子與日俱增，似乎已成爲新的精神聖域而爲舉世所矚目。我在亞陀斯這裡四處走訪之後也感覺到，各個修道院都有相當多的年輕人，而且一般來說他們都具有相當的語言能力。在這一層意義上，亞陀斯這個地方，與在日本所認知的既有宗教，涵義完全不一樣。在這個地方，宗教名副其實是活生生的。與時代一同呼吸著。

除此之外，這個半島的自然環境幾乎都還保留在未開發的狀態。或許可以說是希臘國內唯一一處完全未遭到觀光開發業者染指的土地吧。地形也相當險峻。這裡幾乎沒有所謂的平地存在。全都是山。半島南端聳立著高達兩千公尺的山峰，稱爲亞陀斯峰。海岸線全部都是斷崖絕壁，擁有一分不讓人靠近的威嚴。不論要到哪兒，都必須靠自己的雙腿翻山越嶺才行。因爲在這個半島上，所謂的交通工具可以說是完全不存在。

自從我從書本上讀到亞陀斯的相關資料之後，就無論如何都想要一訪此地。想要親眼去看一看，那裡有什麼樣的人，又過著什麼樣的生活。

於是，在一九八八年九月的一個早晨，我們搭船由烏拉諾波里前往達夫尼。同行的還有攝影師松村君，以及編輯O君。松村君隨後又與我駕車環遊土耳其一周。首先是從亞陀斯這裡啓程。由於O君在進入亞陀斯辦理各種手續時相當麻煩，所以只同行至此爲止。

就結果而言，這是一趟相當艱苦的旅程。儘管我絕非厭惡艱苦旅行的人，卻仍然覺得這是相當夠受的。道路始終艱險，天候始終嚴苛，而食物也始終是粗茶淡飯。

但總而言之，就依照順序走下去吧。第一站是亞陀斯的入口，達夫尼。

由達夫尼前往卡里艾斯

船抵達了達夫尼的港口。從遠方望去，那是個隨處可見、極爲普通的希臘港口。但是隨著慢慢靠近，便逐漸可以看出那裡散見著若干並不普通之處。第一點就是只有男人。由於是女人的禁地，說來這也是理所當然的事情，但是當沒有一個女人的情景實際出現在眼前時，卻仍然令人感慨良多。港口附近聚集著大約百來人，清一色都是男性。而且，其中半數以上是僧侶。因此整體的景象顯得黑壓壓一片。終於，從此開始便進入聖域了。

此外還有一件事，在夏季的希臘可說是極爲顯著的特例，那就是看不到像是觀光客的人。沒有發福的德國中年夫婦，也沒有身上縫著加拿大國旗、悠哉的自助旅行者。當然，看似旅人模樣的人也不少（他們是三十分鐘之前搭渡船早一步到這裡的）。只不過全部都是希臘人。而且每個人都穿著非常樸素的——換句話說，就是一般希臘人的——服裝。他們是從希臘各地遠道而來，到這個神聖的總寺院朝聖的善男（沒有信女）。

占群眾中主流的僧侶們，身上都穿著那種稱爲RASO的寬大希臘正教僧袍。頭上戴著造型有如生日蛋糕的圓柱形帽子。而且全員都蓄著長鬚。我對於希臘正教所知並不多，可能是因爲刮鬍子有違教義什麼的吧。每個人的頭髮也都很長，並且像是髮髻一樣緊緊綁在腦後。這種僧侶的打扮，在希臘全國都是日常司空見慣的，但是爲數如此眾多聚集在同一個地方，我還是第一次看到。此外更有意思的是，經過仔細觀察後發現，每個人的服裝與隨身物品都存在著微妙的差異。其中也有穿著破爛不堪的RASO、腰際用麻繩繫著，身上背著類似頭陀袋的包袱，死硬頑固的，亦即所謂武鬥派的僧侶。與其說他們是僧侶，明確地說，看起來還比較像是乞丐。正在這麼想的時候，旁邊又出現了一絲不苟地穿著沒有半點皺痕、好像今天早上才從洗衣店取回的RASO，手提公事包，戴著太陽眼鏡，時髦的雅痞型僧侶。而以這兩者爲兩個極端，其間有各式各樣穿著打扮的僧侶呈現漸變式的分布。看起來就像是集合於同一處，依照順序排列著似的。

屬於同一個宗教，而且又是在這麼狹小的半島上，爲什麼僧衣竟然會存在著如此程度的差異，我實在是無法理解。

除了整潔．邋遢之外，RASO在顏色方面也是每個人有極大的差別。從淺灰到深紫、漆黑等各種顏色，也像是色調變化般一應俱全。是因爲修道院不同而顏色各異，還是由於地位或職務而有所不同，這我也無法判斷。是僧侶之間也有貧富差距，有愛時髦的與不修邊幅的人，抑或有武鬥派與自由派的區別呢？不過這種事情也沒辦法逐一去思考，反正知道有這麼一回事就行了。

就是這麼回事。

（可是我也是後來才知道，其實他們每個人都不一樣⋯⋯。他們各自依據所屬的地區或是生活方式而有著天壤之別。亞陀斯就是這麼一個可以自己選擇生活方式與行事作風的地方。所以他們會有各自不同的穿著打扮也是理所當然的事）

下了達夫尼的碼頭，就有一處類似護照控管的單位。將護照寄交在這裡後，接著便前往首府卡里艾斯(Karies)。卡里艾斯有個形同亞陀斯山辦事處的機關，要在此接受入境審查，通過審查之後才會發予停留許可證。沒有這分許可證，就無法在亞陀斯山區走動。眞的是非常嚴格。

從達夫尼到卡里艾斯，要搭巴士過去。雖然這是輛要稱作巴士會令人有些不敢苟同的貨色，但好歹還能夠行駛就是了。說不定已經使用了有三十年左右吧。一輛汽車若是能像這樣被充分使用，我覺得也是汽車之幸。而全境就只有這麼一輛巴士。

事實上，當我們到達時，巴士正要開動，卻因爲客滿而無法上車。雖然試著去拜託司機務必讓我們上車，卻只換來一句愛理不理的「不行」。眞是個不親切的司機。若是等他開到卡里艾斯再折返，我們就得在這裡等上一個小時了。這麼一來，預定時間就會又拖延一個小時。也罷，反正在這個地方即使有急事要趕也無可奈何。不過，趕急事的人也並非完全沒有。巴士才剛出發，就有一名年約半百的僧侶趕到，砰砰拍打車窗，並喊著「喂，讓我上車」。即使司機表示「客滿了，不行」，他也充耳不聞，繼續砰砰砰砰地拍打。司機只得無奈地開門讓這個出家人上了車。無論那眼神、那拍打方式，都等於是強行蠻幹。從事聖職的人有這樣的行爲舉止合適嗎，我心想。眞是一處令人費解的土地。打從一開始就遇上形形色色令人迷惑的事情。反正也無計可施，只好在這裡等上一個小時了。

達夫尼的港口有間小郵局，有個小小的關稅辦事處，以及一個小派出所。也有咖啡廳。還有三家小雜貨店。趁等巴士的空檔，我買了一些食品塞進背包裡以備不時之需。原本我還以爲一旦踏進亞陀斯，也許就再也買不到任何世俗之物了，可是卻意外發現雜貨店裡大部分的食品都找得到。雖然箱子上滿是灰塵，罐頭也都生了銹，但只要不在意這種事，貨色大致還算齊全。從Ｊ＆Ｂ威士忌到便宜的利久酒(ouzo)等各種酒類、肉和魚的罐頭、即溶咖啡，到糖果餅乾都有。應該是來朝聖的旅客會在此採購食品之後再前往造訪各修道院吧。因爲修道院裡只供應非常少量的伙食。至於僧侶是否會來這裡買些什麼東西，我就不清楚了。但無論如何，從各個角度來看，這裡都不像是一處會完全嚴守禁慾主義的土地。總讓人覺得似乎存在著某種可以變通的餘地（後來才知道，這個半島上除了僧侶之外，尚有許多前來從事勞動工作的人，因此得販售他們的生活必需品）。

我也在這裡買了葡萄酒、麵包、乳酪、醃牛肉罐頭、梨子、餅乾，以及四個檸檬（這些檸檬後來卻成爲極具份量的行李）。將水壺裝滿水。買了一份半島的地圖。接著去咖啡廳喝了恐怕是最後一次的啤酒，又啃了麵包。然後在巴士來到之前在碼頭打個盹。

碼頭上有兩隻狗和四隻貓。爲求愼重起見，我去調查了一下，兩隻狗的確都是公的。具備非常明顯的雄性性徵——雄糾糾，卻又可悲。好，確實守住了原則。至於貓的性別，很可惜並不清楚。與狗相較之下，貓在此地似乎一直過著嚴謹的生活，牠們並沒有溫馴到會輕易讓我察看性別的程度。再說，要分辨貓的雌雄，要比分辨狗的困難多了。

正當我思緒起伏，直盯著牆上的貓兒們時，巴士開下山回來了。接下來終於要深入亞陀斯的內部了。

由卡里艾斯到史塔夫隆尼基達

亞陀斯是一塊蒼鬱富饒的土地。由於我們已看慣了夏季希臘（尤其是希臘南部）那缺少樹木的紅褐色土地，這番風光在眼裡顯得非常清新。除了面海的險峻山崖之外，不論望向哪個方向都是廣袤的森林與綿延的草原。

巴士揚起滾滾煙塵順著山路而上，翻越山脊，將我們運送到位於另一側的首府，卡里艾斯市區。雖說是首府，卡里艾斯卻是座寂靜的城鎮。或許連用城鎮一詞都不太合適吧。應該說是非常平和的村落。巴士所停靠的廣場四周，只排列著幾幢古老的石造建築物。有教會、鐘樓，還有幾家雜貨店。這裡仍然有貓狗。也有零零星星的人影。那只是幾名背著皮包或是袋子之類的行囊在曬太陽的僧侶。一見到我，有個上了年紀的僧侶便走了過來，問我從哪裡來。聽我說來自日本，便又問我是不是正教徒。不，不是，我回答之後，他又問我的宗教信仰。沒辦法，我只好回答是佛教徒。若是回答無宗教信仰，很有可能會被趕出亞陀斯半島。「日本也有正教的教會吧？」他問道。「有。」我說（神田的尼古拉[Nikolai]教會似乎就是），他聽了之後便露出滿足的微笑。或許是認爲日本也並不是那麼無可救藥的國家吧。

在亞陀斯半島旅行期間，這番對話我想重複了有十次以上。幾乎是一字一句都不差，就這麼依照順序被反覆問及。從哪裡來的？ 是正教徒嗎？ 日本有正教的教會嗎？ 總而言之，對他們來說，宗教便是希臘正教，是世界的中心，是自己存在的中心，是思想領域的中心。對他們而言，那便是眞實的世界。他們的關心始於斯，也止於斯。他們是與我們截然不同的人。

我們來到應該算是這個卡里艾斯市區總辦事處的機構，申請停留許可證。亞陀斯的土地被劃分爲二十間修道院的教區，享有可說是自治中的自治這樣的獨立性，唯有卡里艾斯這個城鎭例外，換句話說，感覺上地位像是一處特區。由各修道院選舉出來的僧侶聚集在此組成「教會評議會」，制訂整個半島的各種規章。這個制度自修道院創建的時代起一直沿用至今，幾乎沒有什麼改變。其原理非常民主。

我們順利在此取得了許可證。接下來終於可以踏上修道院尋訪之旅了。由於時間一點一滴脫離了預定計畫，現在的時刻已然三點。看來並沒有辦法往前走多遠了吧。今晚要在哪裡過夜，必須事先決定妥當才行。這是因爲，各修道院會在日落的同時將大門關閉，而一旦關上之後，不到早上就絕對不會打開。在一千多年前便是如此規定的。所以任憑你再怎麼用力敲門，都絕對不會有人來開門。如果在日落前沒有趕到修道院門口，我們就得在那附近露宿了。因爲這個地方除了修道院之外，沒有任何一處可以住宿的地方。

由於現在仍是夏天，露宿在外可以說還沒有什麼關係。預備的糧食雖然並不是非常多，至少還不至於餓死。但問題在於動物。因爲在這亞陀斯半島有野狼出沒。至少早先就有人這麼警告過我們：野狼會在入夜之後出來活動。雖然這是因爲自然環境保存得如此完好未被破壞的緣故，但不管怎麼說，我們可不會故意在有野狼出沒的土地上露宿。所以得仔細研究地圖，務必明確規劃好行程與所需的時間才行。

我們決定先前往史塔夫隆尼基達(Stavronikita)的修道院。走到史塔夫隆尼基達約有兩個小時的路程。就先趕到那裡，然後再前往伊佛隆吧。畢竟這只是第一天，而時間又已經晚了，今天就暫且先看看情況再說吧。

我們背起旅行背包，踏上了前往史塔夫隆尼基達的路。下午三點的陽光強烈，汗水不斷順著身體往下流，但是路途本身卻是輕鬆好走。甚至還可以邊走邊哼著小曲呢。事實上，從卡里艾斯到史塔夫隆尼基達這一段路，連巴士都能夠通行。但總之我們還是決定去走走看。反正是爲了走路才大老遠來到這裡的。走路。令人心情愉快的山路。許許多多不同種類的鳥兒在森林中鳴叫、飛翔，或是由空中遠颺。沿途到處都設有頂端立著十字架，像是佛龕一樣的東西。並且豎著寫有「森林是心靈的慰藉，是神的微笑。愼防火災。」的告示牌。說得一點也沒錯。

途中遇到一名高瘦的希臘青年與我們同行。他正要前往一處修道小屋，去幫忙製作織錦。亞陀斯除了修道院之外，還有大大小小幾處這種小屋，有少數的僧侶在其中製作宗教工藝品。他並非僧侶，只是會定期前往小屋參與製作而已。

終於抵達了史塔夫隆尼基達修道院。史塔夫隆尼基達是亞陀斯半島二十間修道院之中最小的修道院。一走進修道院，就看到左手邊有一座古老的石造水渠橋。橋下羅列著數個水池。還看得到似乎十分堅固的高塔。由於史塔夫隆尼基達修道院靠近海岸，自古以來便頻頻受到海盜的攻擊，因此防禦工事似乎做得比較嚴密。的確，若從海岸那邊看過來，與其說這裡是修道院，其實更像是個碉堡。

一抵達修道院，首先就有負責招待的僧侶爲我們送來希臘咖啡、調了水的利久酒，以及一種稱爲露可米(loukoumi=Turkish delight)的軟糖。不論是到哪一間修道院，都一定會被招待這種稱爲露可米的糖果，那種甜味甜到足以令牙齒動搖而且下巴酸軟。當然，由於是手工製作，各修道院的口味都略有出入，唯一的共同之處就是都甜得要命。

利久酒(Roki，自家釀造的茴香酒，即Ouzo)可說是一種希臘燒酒，酒精含量非常高。味道是又嗆喉又強烈，加水進去則會變得白濁。還有就是價格低廉。不論從哪一方面來說，都不像是符合日本人口味的酒，而且我也不喜歡喝，可是在疲憊時，酒精會在瞬間滲入胃裡，身體便會放鬆下來。咖啡裡也是加足了砂糖，極度的甜。我們將這些稱爲亞陀斯的三件式套餐，藉酒精與糖分來消除旅人的疲勞，就是這三件式套餐的目的。總之，越是疲勞，就越覺得這些東西美味。咖啡與利久酒我都心懷感謝享用了，但我原本就不習慣甜食，露可米是怎麼也吃不完。雖然很不應該，但還是只咬了一口就留在那裡了。

到了後來，隨著路途愈來愈艱苦，身體也越來越疲勞，我卻變得想要盡快趕到下一個修道院去吃露可米，但那已是後話。

伊佛隆修道院

關於伊佛隆(Iviron)修道院，沒有什麼値得一提的事。

從史塔夫隆尼基達到伊佛隆，是一段沿著海岸的輕鬆路程。我們在五點鐘由史塔夫隆尼基達出發，約一個小時之後抵達那裡，沒有任何問題。簡單啦。用英文來說，就是「A piece of cake」那種感覺。怎麼，亞陀斯也不過爾爾嘛，我們心想。但是到後來，我們卻嘗盡了這種輕蔑態度的報應。沿途所見的海，美麗而寧靜。雖然想休息一下游個泳，可是並無法這麼做。因爲這裡是神聖之地、神的庭園，脫了衣服下海游泳這種事，非得嚴加克制才行。

一到了修道院，不論是哪一間，我們首先都會前往名爲「雅爾奉待」(Archontariki)的辦公室。所謂「雅爾奉待」，日本式的說法相當於「朝聖課．禪房科」。除了宗教方面的義務之外，修道院的僧眾還必須分擔其他種種日常勞動，接待朝聖客也屬於這種勞動之一，有專職的僧侶負責。他們要爲訪客準備茶點，整理床鋪等等。這都是免費的。進入半島時，每個人都要繳交大約兩千日圓的金額給卡里艾斯的辦事處，這些錢就概括全部了。

伊佛隆算來是間滿大的修道院（在半島上的二十間修道院中排名第三大），距離卡里艾斯又近，所以朝聖的香客頗多。因此，這裡的雅爾奉待是由修道院雇用一般的歐吉桑代替僧侶，來負責實際的工作。當然也有幾名僧人在工作，但是事情實在太多，光靠他們根本忙不過來吧。這間修道院也是傍海而建，同樣具有城塞般的結構。牆壁高聳，窗戶稀少，雙層的大門既厚且重。只要想像一下電影《薔薇的記號》（**The name of the rose**，原著小說中文版《玫瑰的名字》由皇冠出版）中的修道院，我覺得就很接近了。

來到這裡的雅爾奉待，依照慣例，又爲我們送上了露可米、利久酒與甜得要命的希臘咖啡。我的露可米還是只吃了一半。

在雅爾奉待幫忙的歐吉桑引領我們到房間去。在以木板隔出來的簡樸小房間裡，排列著六張也是很簡樸的睡床。牆上開著一扇窗，由這裡可以看見修道院的田圃與後面的山。這應該可以算是海景，不過稱不上豪華就是了。除了我們之外，這個房間還住著一位希臘歐吉桑。不知道這位仁兄是累了還是生性沉默內向，忽地就躺上床轉過身去背對著我們，動也不動一下。只有一盞煤油燈，裝設在牆壁上。照明器具就這麼一個而已。房間一隅有個相當整潔的壁爐。當然，在這個季節並沒有生火。壁爐裡被人塞了根菸蒂。應該是有人在這裡抽菸。屋子裡禁菸，不過希臘人有許多老菸槍，我猜是有人忍耐不住了吧。

負責的歐吉桑表示：「用餐時間已過，但若是肚子餓的話可以特地為你們準備。」肚子當然是餓了。因為除了露可米之外什麼東西也沒吃。他從一處昏暗而像是廚房的地方，為我們弄來冷掉了的豆子湯、醃漬的橄欖、硬梆梆的麵包和水。若是要問好不好吃，我認為一點也說不上美味。豆子湯保留了原味，味道本身並不差，就是已經冷掉了。麵包硬得咬不動，又很鹹。只是肚子餓了，即使不滿意也還是心懷感激地接受了。反正又沒有其他選擇，也莫可奈何。

幫我們打點的歐吉桑以前曾是船員，聽說也去過好幾次日本。在希臘旅行，每天都會遇到這樣的人。因為希臘人曾經跑過船的實在很多。但由於船舶航運業不景氣，他們很多人都下船了。因為不得不下船。然後去當服務生、巴士的車掌、造船木工，或是像這樣來修道院擔任雜役。

落日前的半個小時左右，我們在修道院的庭院中散步。松村君拍照，我則信步閒晃，並在筆記本上隨手畫些素描。伊佛隆這個名字，是從古伊比利 **(Iberia)**（高加索南部）而來。因為這間修道院的創設者，是從伊比利來的僧侶。亞陀斯的修道院約有半數如此，是由各個信奉正教的國家（大多在東歐）所捐贈或設立的。由於受到各國文化與風格的影響，每間修道院的特色也都略有出入。

伊佛隆修道院中有好幾處禮拜堂。窗戶上裝著彩繪鑲嵌玻璃，可是在見慣了義大利或德國教堂那種精妙華麗的彩繪鑲嵌玻璃的人眼中，這些看起來都非常原始。做工單純，造型單調。而且有許多破損之處也都沒有修補。即使是修補過的部分，也只是用普通的玻璃嵌進缺失處而已。雖然還不能說是已經荒廢，但至少有種來不及修理的感覺。可能是沒有這種餘力吧。隨著俄羅斯與東歐諸正教國家相繼共產化，對於修道院的經濟援助也就完全斷絕了。可是，黃昏時獨自在如此靜謐的修道院庭園散步，那樸實的風景彷彿會滲進心裡去。那分單純與修繕的拙劣，已融入了風景之中，讓人感覺非常自然。西歐寺院那種充滿炫耀又無懈可擊的壯麗，老實說，經常會令人感到畏縮，可是這裡就不會如此。

這一段時間似乎對僧侶而言也是休息時間，只見他們三五成群在庭院各處小聲談著話。他們總是靜靜地輕聲交談。而且笑的時候也是非常安靜地微笑。

除了禮拜堂之外還有好幾個小神龕，負責的僧侶似乎在準備些什麼，逐一繞行這些神龕而去，並用長長的棒狀工具將神龕的油燈點燃。庭院中到處都高高堆放著爲了過冬而準備的柴薪。

就在這樣的過程中，暮色靜靜籠罩了大地。

我們出乎意料地沉沉進入夢鄉。原本還以爲既然這麼早就寢，應該可以更早起床才對，可是睜開眼睛時已經六點半了。昨天的那個歐吉桑來叫醒我們，一副你們到底要睡到什麼時候的模樣。因爲已經開始作禮拜了，睡到這個時候實在是不成體統。至於早餐也已經結束了。

我們急忙穿好衣服，朝禮拜堂走去。抬頭一看，天空昏暗，帶著晦氣的雲朵快速流動著。與昨日之前的天氣完全變了個樣。空中令人感覺有股潮濕的味道。仔細想想，來到歐洲已經將近兩週，連一場雨都沒碰到。別說是雨，甚至連個陰天都幾乎沒有，所以完全沒有考慮到降雨的可能性。但是照這個情況看來，就快要下雨了。

禮拜已經開始進行。身著華麗僧衣的高僧，正在施予人們祝福。兩名年輕的僧侶，以嘹亮優美的聲音輪番唱著拜占庭的聖歌。希臘正教禁止爲聖歌伴奏。也禁止拜偶像。由於沒有伴奏，那聽起來很像是日本的誦經聲。昏暗的教堂中點著無數的蠟燭。滿臉認眞的朝聖客依序接受祝福。據說朝聖客也只有在作禮拜時才能夠進入教堂。由於我們是異教徒，只能悄悄退在後面。事實上，他們並不太希望異教徒進入。他們如此嚴肅——本質上甚或可以說是不寬容吧—

—的宗教觀，與積極接受外國人的日本禪寺，是截然不同的。畢竟他們是爲了貫徹宗教主體性而在歷史中奮戰下來的人種。有一名青年受到了特別的祝福。爲什麼只有他能有這種待遇，我並不清楚。應該是有某種特殊狀況吧。他跪在祭壇前面，高僧則站在一旁唱著祝禱文。接著，高僧將衣服一件又一件脫掉，並將脫掉的衣服蓋在青年身上。這突然讓我想到，詹姆士・布朗(James Brown)的演唱秀中也有這麼一段。拿來與詹姆士・布朗相提並論也許會觸怒他們，但由於那本來就是由福音音樂(gospel song)衍生、發展而來，感覺上不都是相同的東西嗎，我心想。但可以確定的是，不論哪一種，都是相當不錯的表演。青年一副緊張的模樣接受這個祝福。看著他的側臉，我心想：爲什麼希臘人會有著這麼一本正經的長相呢？大多數的情況，我都能夠從那表情的正經度來分辨是希臘人、義大利人或者是德國人（譬如麥可・杜卡奇斯[Mike Dukakis]就是個好例子）。這並不是說義大利人或德國人的長相就不正經。但希臘人的正經和那又不同。因爲他們在某些場合所顯露的表情，幾乎可以說是一派憂鬱的正經。有時候那會讓我感到心情有些沉重，有的時候又會讓我覺得可憐。

禮拜儀式結束高僧退出後，院方便畢恭畢敬地將禮拜堂所收藏的寶物向朝聖者展示。負責的僧侶用鑰匙打開櫃子，我們則排成一列依序參拜。即使在亞陀斯半島，無論在寶物的質或量上，伊佛隆都是數一數二的重要修道院，甚至有「博物館修道院」的別稱。哎，這樣說或許不太好，但是這裡算是比較嬌柔的修道院。至少不是武鬥派的苦行修道院。亞陀斯的二十間修道院可以分爲兩種類型，一種是全共同生產型，另一種則較爲柔軟而認同個人自主性。後者的祈禱雖是全員共同進行，但伙食與勞動則是任憑個人去衡量。伊佛隆修道院就是屬於後者。

伊佛隆修道院的寶物大致上都是宗教工藝品。雖說有各式各樣的來頭，但由於我對這類東西絲毫不感興趣，也不認爲有什麼難得一見的。其中有個造型奇特，像是藥盒的黃金藝品。仔細一看，那裡面裝著好像是人骨的東西。我猜想那是古時高僧的部分遺骸，或是那一類的東西。至於其他的希臘人，則在那些寶物的前面虔誠地劃著十字。

我們大略看過一遍之後，負責的修士一副「好了各位，就到此爲止囉，嗯哼」的模樣，愼重其事地將櫃子的蓋子關上，喀一聲上了鎖。然後將堂內的燈火逐一吹熄。如此一來，早上這相當有排場的勤務就結束了。

這姑且先不談。話說我們似乎已經錯過了早餐，肚子越來越餓了。試著去廚房問問歐吉桑，他給了我們一大塊麵包，並表示：只有這些，就先拿去塡塡肚子吧。我們把麵包拿回房去吃，但那比起昨天的又更硬了，根本就不像人吃的玩意兒。眞要命，想到接下來每天都得吃這種麵包就覺得倒胃口，但事後再來看，這種難吃的麵包只是亞陀斯半島上的例外，其他修道院供應的麵包都遠遠美味得多了。雖然吃人家免費的伙食還這麼寫有些過意不去，但如果要出一本《亞陀斯山米其林》(Michelin)之類的旅遊指南的話，我認為伊佛隆修道院的廚房會連半顆星都沒有。很遺憾。

七點四十分，我們背起了行囊，告別了這間沒有半顆星的修道院。

費羅修奧修道院

七點四十分剛踏出伊佛隆修道院的大門沒多久，果然不出所料淅瀝嘩啦開始下起雨來。下得並不大，但看看天空，也不像是去躲個雨就會停的模樣。天空被黑壓壓的烏雲覆蓋著。我們決定暫且先穿上雨衣繼續前進。若是沒有特別的許可，就無法在同一個修道院住上兩晚，這是亞陀斯的規定。除了繼續前進別無他法。

我們的下個目的地是費羅修奧(Filotheou)修道院。經過費羅修奧之後再前往卡拉卡魯(Karakalou)修道院，若是時間允許的話，就繼續趕往更前面的大勞拉(Grande Lavra)修道院，這便是我們原先的計畫。由於只有四天三夜，我們希望能夠爭取多少距離就算多少，但在這種天氣之下或許已經無望趕到那裡了。總之就先走到費羅修奧，到那裡再來重新考量吧。前往費羅修奧的路是條上山的上坡路，但距離並不算遠。若是這種程度的雨，應該不會太費力就可以趕到那裡吧，我們這麼盤算著。

可是我們當時並不知道。不知道亞陀斯半島東南部的天候是捉摸不定的。

爲什麼這塊土地上的天氣如此多變，我實在是不明白。還是說像亞陀斯山這種兩千公尺級的高山，氣象原本就容易會發生劇變也不一定。總之在這裡，即使你認爲現在是大晴天，山上也會忽然間出現了雲，忽然間又降下了驟雨。而比較起來，半島的南部要比北部、東部要比西部，天候更容易起激烈的變化。如果不知道這種情況，就會有淒慘的下場。就氣象這一點來看，這裡完全不像是屬於希臘的土地。

可是我們對此一無所知。不論是哪一本旅遊指南，都沒有談到亞陀斯的氣候。因此我們甚至疏忽到連雨傘都沒有帶。只帶了簡單的雨衣而已。我則是糊裡糊塗，只帶了風衣而已。要說是疏忽的話也的確就是如此。不過，在九月初的希臘，有什麼人會想到要帶雨傘這種事呢？畢竟除了亞陀斯之外，其他地方可是連一滴雨都沒有下。

總之，當我們朝著費羅修奧走了一個小時左右後，雨開始傾盆而下。將褲子、鞋子還有襪子，所有的東西都淋得濕答答的驟雨。不論是山或是海，都完全被重重的雨幕所遮蓋住了。什麼都看不見。看得到的只有雨和積水而已。身體越來越冷。早知如此，就穿著更標準的登山裝備來了，眞慘啊！我蹣跚地走在山路上心裡這麼想著時，遠遠看到路邊好像有間小屋。不知道裡面有沒有人。或許是間獨立僧侶的小屋，或許是某種作業用的小屋。但或許是間沒有人居住的廢屋也不一定。運氣好的話應該可以躲個雨吧。

我敲了敲門，一個蓄鬍留長髮的年輕男子出來應門。年紀應該在二十五歲左右吧。不是僧侶。穿著普通的服裝。我問是否能讓我們進去避一下，他說沒關係進來吧。屋裡還有另一名年輕男子。這名男子是短頭髮，鬍子也刮得乾淨。裡面有間寬敞的房間，還有一個人躺在那裡，邊抽著菸邊聽著電晶體收音機的布茲克琴(buzuki)音樂。那種鏘恰鏘恰的悲傷希臘演歌。那音樂交雜著雨聲，聽來格外令人感傷。

房間裡總共有八張簡單的床。每張床都有最近使用過的痕跡。毯子亂七八糟的，菸灰缸裡塞滿了菸蒂。有一張床上還散落著撲克牌。一本破爛不堪、好像被輪流傳閱的希臘文平裝本小說蓋在枕頭旁邊。

「請自便吧。」蓄鬍青年這麼表示。然後，他又趁我們脫掉鞋襪晾乾的時候泡了咖啡來。是用小鍋子咕嘟咕嘟煮出來的希臘咖啡。由於放了很多砂糖，非常甜。我對於這種甜咖啡實在是不敢領教，但是希臘人根本不會問：「要多少砂糖？」這種問題，只得忍耐著喝了。反正身體正覺得冷，有杯溫熱的咖啡就讓人十分感動了。

「你們是日本人嗎？」蓄髭青年問。是啊，我們說。我曾經去過日本，他說。原來他以前也當過船員。接著又說：「KAWASAKI（川崎）、HAKODATE（函館）、NAGASAKI（長崎）。」簡直就像是《港町Blues》一樣。現在來這裡做工，他說。他家在亞陀斯旁邊的希索尼亞(Sithonia)半島。目前的職業是木匠。聽他說是這兩個禮拜來此從事修道院的維修工作，然後再回希索尼亞。總共有八個人住在這裡。全部都是木匠。其他的夥伴都上工去了，我們則是因爲下雨而留守在這裡。他的話語中處處流露出「誰想要留在這種地方呀」的感覺。這也難怪。塵世的年輕男子，如果被關在這種既無女人也沒有酒館，甚至連浴室都沒有的山裡面兩個星期，難免會覺得無聊吧。連酒都沒得喝喔，我說。沒有這回事，他說著微微一笑，領我們去隔壁的房間。進去一看，那可眞是嚇人，滿坑滿谷的酒瓶。堆著好幾紙箱的威士忌。多到快數不清的啤酒箱。除此之外還有葡萄酒、利久酒、琴酒、伏特加等，簡直就像是酒家的倉庫一樣。實際上好像喝得也滿凶的，有許多已化成了空瓶。不禁讓我感嘆，這簡直就會讓人變成酒鬼嘛。

「喝不喝利久酒？」他問，我們就很高興地各要了杯利久酒。這個利久酒酒瓶也是大得不得了。利久酒倏地溫暖了胃。有種「就是這個」的感覺。我總覺得自己的身體似乎逐漸變得沒有利久酒就活不下去了。所謂當地的酒，畢竟還是越融入那片土地就會越覺得美味。在義大利基安提(Chianti)地方旅行時喝的盡是葡萄酒。在美國南部每天喝的就都是波本威士忌蘇打。在德國則始終都泡在啤酒裡。而在亞陀斯這裡，沒錯，就是利久酒。

我們在這個木匠們的工寮躲了一個小時左右的雨。「如果要去費羅修奧的話，等一下會有要前往費羅修奧的卡車經過這裡，可以讓你們坐載貨台搭便車過去。」蓄髭青年這麼說，這番好意我們當然是恭敬不如從命。於是我們就一面聽著雨聲，一面無所事事地耗時間。

終於有輛TOYOTA的小貨卡在外面停了下來。有兩名男子坐在駕駛座上，載貨台上還坐著一個人。蓄髭青年過去幫我們和駕駛說想搭個便車去費羅修奧。好啊，上來吧，駕駛作了個手勢。雖然雨勢暫時稍歇，但外面卻變得相當冷。天空仍是陰沉沉的。我們一坐上載貨台，TOYOTA立刻就出發了。老實說，這眞是段艱苦的路程。不但泥濘不堪，又是條連續之字形的上坡路。行經轉彎處時經常使屁股扭了個方向，每次都讓我們覺得好像要被甩出載貨台似的。照理說只能夠靠四輪傳動車才足以應付的狀況，負責駕駛的先生卻似乎絲毫不以爲意。與我們一同坐在載貨台的男子是敘利亞人，爲朝聖而前來這裡。問他是否經常來，他說經常來。一臉理所當然的神情。信仰眞是虔誠。

在種種狀況下，抵達費羅修奧修道院時，我們已經是筋疲力竭了。身體發冷，腦袋被車搖得七葷八素的。時間已經過了十二點，越來越趕不上預定計畫了。

費羅修奧的規模比伊佛隆要小得多。看起來小而雅致安詳，從各方面來說都給人一種有如家庭的感覺。修道院的四周爲高牆所包圍，入口處聳立著俄羅斯風格的美麗門塔。建築物整體的色調都很明亮，被從早下起的雨淋得變成了濕答答的色調。雨已經完全停了，門外坐了好幾個歐吉桑悠閒地在聊著天。高牆外有大片的葡萄園、果園，以及種植蔬菜的田圃。

來到這裡的雅爾奉待，一名年輕而文靜的僧侶爲我們送上了露可米、茶與利久酒。到了這個時候，我已經變得能夠將露可米都確實吃光了。雖然有些甜，但感覺上已沒什麼關係，所以即使還有些畏縮也都完全吃了下去。而茶和利久酒也都美味極了。接著，僧侶帶領我們前往房間。是間小小的三人房。我們在房裡將濕答答的登山鞋脫掉，換上乾淨的褲子和襪子，然後吃了餅乾和乳酪充當午飯。幾乎沒有說話默默地嚼食著。吃完後往床上一躺，很自然地就沉沉睡去。睡得非常舒服。只要受了風吹雨淋，人似乎就會變得軟弱吧，我忽然這麼想。如果再淋個三天大雨，或許我就會跑去信教也說不定。因爲對我們而言，修道院的床舖就是萬般的享受了。

費羅修奧修道院令我記憶最深刻的是，雅爾奉待的負責僧侶是個親切的人，建築物的色調很美，以及在那裡睡了個非常舒服的午覺。因此，我對這個修道院的印象非常良好，至於其他的事情，很抱歉，我都不太記得了。因爲都從記憶中被排擠掉，事到如今即使想要寫也什麼都想不起來了。或許是因爲淋了雨而體力透支的緣故。或許是睡得太沉，那前後的記憶都因此而變得模模糊糊也不一定。但事後回顧起來，若是一天連續拜訪兩到三間修道院，最後看起來就好像會變得都一樣了。眞是不好意思。

到了三點多天候好轉，天空逐漸放晴，於是我們便向負責招待朝聖客的親切僧侶道謝，向下一個目標卡拉卡魯修道院前進。我們一點一點朝半島的頂端南下，向更蠻荒的地區前進。

卡拉卡魯修道院

前往下個目的地卡拉卡魯修道院約需一個小時，是段輕鬆好走的路程。我們往山下走，又來到海邊。抵達卡拉卡魯的門口時，已經傍晚五點多。今天只能夠住在這裡了。

在卡拉卡魯，他們送上了咖啡與香草水。所謂香草水，是杯加了一整塊香草的水。香草溶入了水中，變得很甜。首先將水喝掉，再用湯匙舀起香草來吃。總之這也是甜得要命。實在是令我招架不住。有蜜蜂嗅到味道飛了過來，停在杯口不住舐著水。就是那麼的甜。

為我們送來香草水與咖啡的，是一位名叫馬修的年輕僧侶。戴著像是大學兼任講師的眼鏡，留著黑黑的鬍子，那種氣質簡直就像是個認眞的學究。後來請教過他的年齡才知道，他今年二十八歲。他能夠用相當流利的英語交談。我們依照慣例自稱是佛教徒，他聽了便表示想對佛教的教義有更進一步的了解。很可惜，佛教之於我們也並非什麼專業知識。而我也覺得，與其回答說是佛教徒，還不如用「高科技教徒」或是「高度資本主義教徒」之類的方式來回答比較好。這樣一來，比起談論佛教，對於這些事物我多少還能夠說明得詳細些。比如說ＳＯＮＹ的隨身聽如何誕生、如何發展之類的。

「一個小時之後吃晚飯，請先休息一下。」馬修君說。趁這一段空檔，我來到庭院，素描禮拜堂彩繪鑲嵌玻璃窗的圖案。這裡的彩繪鑲嵌玻璃也是與華麗一詞天差地別的玩意兒。保存狀況說起來也滿差的。

庭園裡住著一窩可憐的貓。有母貓和五隻小貓，母子都骨瘦如柴。在幾乎百分之百素食主義的修道院做窩的貓（由於這個卡拉卡魯實施較爲嚴格的修道制度，禁止吃葷。雖然在某些祭典的時候好像會吃魚），要胖也胖不起來。不過這些貓也不知道是看上了哪一點，特地選定了伙食條件這麼差的地方做窩，實在是令人費解。偏偏要選在修道院定居，這似乎也只能說是怪癖了。

修道院的庭院中放置著各式各樣造型奇特，用途不明的器物。例如用鐵絲吊著，兩端圓鼓鼓的、像是木魚的東西。那下面還掛著木槌。此外，有一幢建築物前面懸掛著彎曲如馬蹄形的大鐵板，那兒也附有金屬製的槌子。這隻槌子的形狀呈扁橢圓形，好像是趕工製造出來的一樣。除此之外，庭院裡四處還放置著長約兩公尺，造型有如螺旋槳葉與多寶塔綜合體的長板。這也與木魚一樣是兩端圓鼓鼓的，但中央部位似乎是爲了方便用手握住而削得比較細。應該是經常使用，中央部分已經變成了麥芽糖的顏色。這種東西在昨天投宿的伊佛隆修道院根本沒見過。

馬修爲我說明這些器物的用途。原來這些是爲了通知修道院的僧眾祈禱時間而備的道具。負責的僧侶首先會敲擊馬蹄形的金屬，然後敲木魚，接著再拿著這種稱爲希曼幢(Symantron)的螺旋槳葉型板子繞著修道院的庭院邊跑邊敲。「午夜十二點就會聽到了。」他說。

「因爲祈禱是從十二點開始嗎？」

「以你的時間來說，是半夜十二點，但是對我們而言，是早上四點。」馬修說道。「所以，這並不是午夜的祈禱，而是晨間祈禱。」

我聽了仍然不明白。馬修又進一步詳細說明。「也就是說，我們是生活在和你們不同的時間標準之中。這種從古沿用至今的時間標準，稱爲『拜占庭時間』(Byzantine Time)。這種『拜占庭時間』的一天，並非由午夜十二點開始，而是由日落時分開始的。所以說，你們的午夜就相當於我們的凌晨四點。」

原來如此。亞陀斯的修道院雖然全都採用這種拜占庭時間，但唯有昨天投宿的伊佛隆修道院，我忘了問是基於何種理由，並沒有採用。所以昨夜並沒有聽到這種夜半的木魚及撞鐘等等聲音。

「十二點起床後，我們首先會在各自的房間進行個人的祈禱。接著，從凌晨一點開始，大家再聚集在一起祈禱。這個祈禱大約會持續三到四個小時。在特別的日子則可能會持續十個小時之久。」在祈禱結束之後，他們便會解散去忙各自的工作或個人的進修，然後再祈禱。

總覺得這種情況和我的工作時間十分相似。我大致上也是從早開始工作三、四個小時。然後做做家事，做做運動。雖然在特殊的日子裡也有一天工作十個小時的情況，但平常我並不會把自己逼得這麼緊。不論對象是什麼，能夠維持專注的時間大體上應該都是相同的吧。

六點半，我們被通知去吃晚餐。由於我們是異教徒，無法與大家一同用餐。等大家用畢之後，只有我們被叫去吃飯。真是沒面子。在空蕩蕩的寬大餐廳裡，只有我們三個人在進食。正式的晚餐是與祈禱一併進行的，所以異教徒並無法加入。不過，省掉了這種正式的儀式，說來也比較輕鬆愉快。用餐就是要輕輕鬆鬆的嘛。晚餐的菜單包括像是雜燴粥的米湯、三個番茄、醃漬的橄欖，以及又香又軟的麵包。沒有多餘飯菜可以再添。雜燴粥湯裡也放了豆子。與昨日伊佛隆修道院的菜色相較，這簡直是無法比擬的美味。所有的材料都取自於修道院，咬下去之後，一股帶勁的味道立刻在口中擴散開來。這簡直就是終極的自然食品。非常簡單，非常清淡。與所謂的希臘料理截然不同。

由於明天一大早要出發，大概無法吃早餐了。告知馬修這種情況後，他便去廚房拿了許多麵包、乳酪和橄欖，裝在塑膠袋裡給我們，說道：「這些東西請你們收下」。眞是個親切的好人。我們欣然收下並向他道謝。不論是麵包、乳酪還是橄欖，都是他們親手栽培製作的。

吃過晚餐後，馬修帶我們去參觀修道院的菜園。菜園裡種植了番茄、茄子、甘藍菜與蔥。看上去就是片非常肥沃的土壤。想必是因爲多雨，適合種植蔬菜吧。暮色漸深之後，彷彿是在與其呼應般傳來了雷聲。雖然是遠方的落雷，聲音卻一直持續不歇。雲也開始出來了。正當我們在擔心明天的天氣時，雨水淅瀝嘩啦從天而降。眞是糟糕。

我們回到房間，打開在達夫尼的雜貨店買的紅酒，一面聽著雨聲一面喝。雖然是便宜的酒，可是身體正渴望著酒精，感覺眞是美味異常。在這只擺著三張床的小房間裡，照明唯有一盞小煤油燈而已。沒有電力。廁所裡的是手動式的沖水馬桶。也就是拿旁邊的水管來沖，或是自己用水桶舀水，然後再唰地沖下去。很簡單。衛生紙不能夠沖下去，得扔進設在一旁的箱子裡，這種系統不僅限於亞陀斯而已，希臘全國各地都採用，習慣了之後也不會覺得有什麼不便。在煤油燈的光線下，喝著有種微澀的特別味道的希臘葡萄酒，氣氛相當不錯。不時還聽得到雷聲。這時我想起馬修曾經說過，這一帶經常會有修道院遭雷殛而起火。我們住處的隔壁棟，就在幾個月前遭落雷擊中而燒毀，原址目前仍然焦黑一片。看來此地不僅雨水多，落雷也多。我可不願在這種地方被雷劈得焦黑而死哪，就在想著這種種狀況的時候，八點左右有人輕輕敲了敲門。開門一看原來是馬修。

「這些也請你們收下。」語畢，他將一個裝著葡萄、洋蔥與青椒的袋子遞了過來。實在是個親切的人。多謝。九點鐘，我們熄了油燈就寢。

我半夜裡被鐘聲吵醒。音響方式很奇特的鐘聲。有奇特的節奏與奇特的音階。看看時間，是凌晨兩點二十分。靜靜聽了一會兒之後，這回好像是木魚的聲音響起。這也和敲鐘一樣，是以奇特的節奏與奇特的音階敲響著。正如同馬修所言。接著是之前提到的螺旋槳葉型奔跑式木魚叩叩叩地響起。從遠方逐漸接近，然後又朝著某個方向遠去。由聲音的移動方式來判斷，那個希曼幢的敲擊手似乎以相當快的速度在奔跑。可是那敲擊的方式強而有力，節奏也沒有亂掉。要說明那是什麼樣的聲音非常困難，因爲與我們平常聽到的任何聲音都不一樣。那是種簡短明快，毫無遲滯的聲音。聲音緊迫而嚴肅地擊打著夜晚。那就在一瞬之間突破了夜晚的黑暗傳到我的耳中。雖然我根本沒有什麼所謂的信仰這種心，但是在這種聲音的籠罩下，卻感覺能夠接收到某種心靈的訊息。我覺得，這種聲音的發聲方式，即使以錄音帶錄下來播放，或許也無法重現吧。因爲那是種包含了一切情境的聲音。因爲那是情境所發出的聲音。亞陀斯夜裡深深的黑暗，沉默，與我們不同的時間標準，以及滿天的星斗。

修道院裡的僧侶似乎都往這一棟建築物集合而來。走上樓梯、穿過走廊嘰嘰嘎嘎的腳步聲不斷響起。我們所住的這棟建築物的木板走廊已嚴重朽損（甚至可以說是瀕臨倒塌邊緣），每次走過都發出宿命般的嘰嘎聲。又因爲木板與木板之間有縫隙，蠟燭的黃色光便呈光柱從那裡漏了進來。除此之外什麼也看不到。漆黑一片。只有不規則的光柱從天花板射下來。我們的住處位於二樓，但是在上面樓層似乎有一處類似夜半禮拜堂的場所。

我下了床，拿著小手電筒到房間外面去看看。在漆黑的走廊盡頭，可以看到僧侶們手上的燭火忽明忽暗在搖曳著。他們三五成群走上樓梯，消失在上面那一層。我躡手躡腳跟在他們後面偷偷往上一窺，看到樓上有個小禮拜堂。還聽得到朗朗詠唱的聲音。蠟燭的火焰亮晃晃地燃燒著，只見聚集在此的僧侶們漆黑的黑衣，彷彿是由夜的黑暗中抽取出來的一般。說實在的，這與其說是莊嚴，還不如說是詭異。

關於宗教，整體而言我並非有多麼深刻認識的人。但若是要記敘個人的感想，我認爲希臘正教這個宗教，在某些狀況下總讓人會有種超越學說理論，東方式的恐怖感。尤其是躲在樓梯的角落偷窺夜半禮拜的這種狀況。其中依稀讓人感覺到，有種我們的理性所無法完全操控的力學存在著。有如歐洲與小亞細亞於歷史根本上的妥協般，是種根源性的物力論(Dynamism)。與其說那是形而上的世界觀，其實更具備了當地風土的神祕肉體性。進一步來說，我甚至會覺得，直接承繼了基督這個充滿謎團的人他那小亞細亞的詭異性，不就是希臘正教嗎？

我在樓梯上側耳傾聽他們的祈禱好一會兒之後，突然發覺自己可能會造成干擾，便出去到庭院裡。雨停了，已放晴的夜空無比清朗。萬里無雲，就如同天文館般每個角落均爲白色的星辰所覆蓋。

在那裡凝神望著星空約三十分鐘之後，我回到房間鑽上床。想到今天應該會是個好天氣，我不禁放下心來。遠方僧侶們唱和的祈禱聲柔柔地傳進耳中，我不久便進入了夢鄉。

大勞拉修道院

來到亞陀斯的第三天。一大清早，我們將親切的卡拉卡魯修道院拋在身後，向大勞拉修道院前進。由這一帶開始，沿途便越來越蠻荒。呈現繞著亞陀斯山的山麓蜿蜒深入的態勢。之前的路途彷彿只是在練腿力而已。幸好今天晴空萬里，是個健行的好日子。

「有件事情我覺得很納悶。」攝影師松村君說。這個人平常總是笑咪咪而不太說話的，一旦開口，大多會提出較爲根本的疑問。「那些出家人的伙食這麼差，爲什麼還會發胖呢？既然貓都長得瘦巴巴的。」

聽他這麼一說，我想起來好像看到相當多小腹突出的出家人。氣色也都不差。既然每天都只有少量的粗茶淡飯，又天天持續勞動，爲什麼還會胖呢？粗茶淡飯與運動可是節食的基礎。即使持續多年這種生活都還會發胖的話，節食這種東西應該早已從世界上完全消失了才對。實在是令人費解。這是神的庭園，亞陀斯半島的一大謎團。說不定上了年紀之後就會發福，是這個地方人們的人種特質。或許不論過著什麼樣的生活，他們就是有會發胖的傾向所以才發福也不一定。或許是可以從什麼地方暗中做妥善的營養補給也不一定。

一面走在山路上一面對這件事提出各種論點討論著時，我們在泥濘上發現了大腳印。很像是狗的腳印，但比起來要大得多了。足跡深深印在地面上，體重似乎也相當重。無數這種清楚的足跡，就這麼重重疊疊連續下去。看來是在雨停了之後，這種東西就成群結隊在山道上移動。而且是朝著與我們相同的方向前進。或許是狼也不一定。或許是成群的山犬也不一定。我們又就這點討論了一會兒。不過——我們也搞不清楚——狼與山犬之間到底有多大的差異呢？可能連ＡＣ／ＤＣ與Motor Head之間的差異都沒有吧。但不管怎麼樣，我們都不想和這些東西扯上任何關係。只期望能盡力在日落之前走進修道院的大門而已。

前往大勞拉有一段相當的距離。一面在山路上爬坡下坡，一面沿著海岸前進。雖說是沿著海岸，但海岸線幾乎都是斷崖絕壁，上下都相當費力。十點半，筋疲力竭的我們坐下來喝水吃餅乾，然後又繼續爬山。可是不論我們怎麼往上走，都沒有翻越山脊。察看地圖，應該早已翻越了山脊才對。不但耗費的時間實在過多，而且再怎麼思索，上坡路段也未免太長了。拿出指南針看看，總覺得我們似乎偏離了預定的路線一直往亞陀斯山的山頂走去。可是並無法確定。經過討論，決定還是繼續向前走，直到有什麼路標出現爲止。

十二點鐘，正當我們累得快動彈不得的時候，遇見了樵夫一家三口。他們砍伐山坡上的樹木，用驢子馱到下面的路邊堆放，整理好後再運往山麓。驢子總共有六、七頭。樵夫一家是由爸爸、大兒子與小兒子所組成。此外還有一隻小狗。樵夫兒子告訴我，牠的名字叫密克羅。類似「仔仔」那樣的意思。

「請問大勞拉怎麼走？」我們問，卻得到「完全搞錯了」這個回答。「路，錯了。這條路，哪裡也去不了。」總之，這是條爲了伐木與運輸木材而開的路。「不折回去不行」，一直往下走，就會看到寫著「往大勞拉」的路標，他說，在那裡向右邊走就對了。可是我們一路走來都非常注意，並沒有看到那種玩意兒。雖然覺得奇怪，但既然當地人這麼說也沒有辦法。

他們似乎也正好到了該吃午飯的時間，便在途中同行，沿我們來時的山路走下去。驢子身上馱著分量可觀的木柴，拍拍驢屁股讓牠先走。我們則跟在後面慢慢走著。「你們從哪裡來的？」樵夫父親問道。聽到「從日本來的。」這個回答，他們還是一臉莫名其妙的表情。接著又問「怎麼來的？」，聽到是「坐飛機來的」，三人面面相覷道：「坐飛機啊」。坐個飛機就會讓人感到佩服，我還是第一次遇到。讓我體驗到一種打從了不起的地方來的感覺。

這家人是從名叫亞魯尼亞的村子外出工作才來此的。老爹用我的地圖指出亞魯尼亞村的位置給我看。「啊——，在這附近。」說著用手指指出哪個位置。地圖上並沒有標示出那個亞魯尼亞村。遠遠在更北方，一個名叫德拉馬(Drama)的城鎮（以前我曾經搭巴士前往那一帶旅行過。這個叫Drama的城鎮其實是個絕對非戲劇性的城鎮）附近。我還有三個小孩留在那裡，老爹得意地說。「我們在這裡工作一個月，然後回亞魯尼亞去。」說著莞爾一笑。光是聽懂這些就耗掉了相當的時間。除了我的希臘語很破之外，還有就是他們都是沉默寡言的人。

他們應該在下面有個睡覺的地方，午飯則在途中的臨時小屋解決。一處豎起柱子，像溫室般只用塑膠布搭建起來的所在。小屋旁有湧泉，非常冷冽甘美。樵夫父子用那水爲我們煮了咖啡。小孩表示是成龍的影迷。在希臘，成龍業已獲得了壓倒性的人氣。讓人覺得可能連勞勃·狄尼洛(Robert De Niro)、湯姆·克魯斯(Tom Cruse)與哈里遜·福特(Harrison Ford)聯合起來都不是他的對手。這些人常去的，大概是只放映版權費便宜的香港電影之流的電影院吧。

喝過咖啡大家一同拍了紀念照，然後向他們道謝，我們又繼續向前走。一路往下走去，的確出現了寫著「往大勞拉」的路標。在十點半我們累得不得了的時候，曾經跌坐在那裡，吃些乾糧休息一下，剛好就在那個地點。很可能是累得快虛脫了，一心只想要休息才會忽略掉了吧。從我們所坐的位置看去，那個路標正好又位於死角。眞要命，就這樣白白浪費掉大約三個小時。再這個樣子下去，搞不好到了晚上還趕不到修道院，就得和野狼還是山犬一同露宿了。

但不管怎麼樣肚子都餓了，於是決定先在這分叉路口吃午餐。將馬修相贈的蔬菜切碎，加上罐頭牛肉做成Open Sandwich來吃。又拿出剛才用水壺裝的冷泉咕嘟咕嘟地喝。「哎呀呀，這還是我有生以來第一次吃到這麼好吃的罐頭牛肉。」編輯O君說。除了身體極度疲累之外又好一陣子沒有吃到肉類，連罐頭牛肉都讓人感覺美味異常。名副其實令人有種滲透全身的感覺。馬修給的蔬菜也非常新鮮甜美。番茄等等都散發出一種充分吸收了大地養分的滋味。今天是O君第三十三次的生日，能夠讓他吃到這麼美味的午餐，連我都感覺到非常高興。繞了遠路當然也加強了部分的效應。將汗濕了的襯衫脫掉晾乾，躺在那裡閉目養神，聽了一會兒鳥叫聲。

在這裡休息了約二十分鐘之後，又重新振作起精神上路了。依舊是上上下下的高原山路綿延不絕。幸虧天氣不錯。雖然亞陀斯山偶爾會飄著雲朵，但都不是上次那種不祥的雨雲。是輕柔的白雲。結果，抵達目的地大勞拉修道院的時候已經傍晚五點多了。從早上七點開始，幾乎是連續走了十個小時。眞是艱苦的一天。腳痛得要命。

依照慣例，大勞拉也爲我們送上了露可米、咖啡與利久酒這三件式套餐。我貪婪地吃下了露可米。對於這種甜度，如今我已完全無話可說。這眞是至福。只要口中塞滿了這種軟糖甜點，我就會感覺到那令人全身舒暢的甜分逐漸滲入每一個細胞裡。如果每天都這樣下去，我很可能會上了露可米癮。咖啡也很美味。利久酒也很美味。羅馬的餐廳那種口味早就不知道被颳到何方去了。

我們前腳才剛進大勞拉修道院，後腳就有一團好像是義大利人浩浩蕩蕩跟著到來。看來像是個宗教的團體，由一個羅馬天主教的修道僧所率領，約有十四、五名團員。大概是同爲修道僧，所以來亞陀斯參觀學習還是什麼的吧。可是這個出家人竟然帶著收錄音機。那架收錄音機上還掛著念珠。雖說同樣是修道僧，羅馬與亞陀斯可說是天差地別。就像是烏鴉群中的白鷺鷥一樣醒目。義大利人不但大多是團體行動而且又很聒噪，不論到哪裡都可以馬上認出來。「Che bello（眞不錯）」啦、「Benissimo（棒極了）」啦、「Certo（就是啊）」啦，眞是吵得你沒辦法。這些傢伙大概是坐巴士過來的。不知爲什麼有一名波蘭青年混在其中，他相當受不了義大利人團體而跑來找我們親近，可是我們也忙著蒐集資料而沒空理他。陷入義大利人的團體裡可就慘了。有一次我前往馬爾他島旅行，也被編入了義大利人的團中，那簡直就是地獄。

大勞拉與卡拉卡魯不同，正教徒和異教徒可以一同用餐。在寬廣的餐廳裡齊聚一堂，一面聽著祈禱一面吃晚餐。面向餐廳的右手邊是修道僧桌，左手邊是朝聖客桌。盡頭處則是負責誦唱祈禱文的僧侶桌。餐桌是以大理石製成，感覺相當時髦。可能拿去麻布（東京都港區的高級地區）的酒吧也都會被接受吧。

然而，要吃這種正式的晚餐卻十分困難，必須趁祈禱的空檔俐落地迅速進食才行。而且，什麼時候可以吃，什麼時候又不能吃，也都有種種囉嗦的規定。實在非常麻煩。只要稍有差錯，就會遭到同桌的朝聖老爹白眼。不過我們並沒有虔誠的信仰，肚子又正餓著，只顧著狼吞虎嚥。

菜單包括了燉蔬菜（豆子．茄子．南瓜．芋頭．洋蔥．青椒）、菲達乳酪（Feta Cheese，山羊乳乳酪）與麵包（還是昨天卡拉卡魯的比較好吃），此外還有葡萄酒！我看到這葡萄酒的時候可真是興奮極了。色調略濃的白酒裝在長頸瓶中碰地被放在桌子的正中央。倒進玻璃杯裡嚐嚐看，味道相當不可思議。我在希臘其實也喝過許多種類的葡萄酒，但是這種酒卻與其他任何一種都有著決定性的差異。第一是有些許甜味。不過這並非所謂甜酒的味道，而是帶著高危險性的甜度。至於其整體的表現，我覺得比較接近原始的白蘭地的味道。但卻是葡萄酒。總之就是不可思議的味道。如果是在平常的場合喝到的話，一定會覺得很難喝吧。說不定——如今回想起來——甚至還會覺得味道是否已經變質了。可是我當時覺得那眞是美味，而且至今仍然清楚記得那個味道。記得那個味道的並不是舌尖，而是身體。後來我雖然買了所謂亞陀斯山出產的葡萄酒，卻只是毫無特色、口味平凡的葡萄酒而已。

可是，我並沒有辦法盡情暢飲那葡萄酒。因爲在倒第二杯的時候，坐在對面來的嚴肅朝聖老爹直盯著我瞧。我這才察覺，不能夠一直續杯。雖然覺得遺憾，但也無法再倒第三杯了。如今回想起來仍然覺得遺憾至極。

在晚飯快要吃完的時候，他們送上了用缽裝著的西瓜。吃完飯就來個甜點吧，當O君拿起西瓜一口咬下去時，祈禱結束了。但是當O君正要咬第二口的時候，朝聖的老爹緊盯著他說道：「不行！」這麼一來，雖然是O君難得的生日，卻只能吃到一口西瓜而已。「那眞是好吃啊。」他懊惱地說。這都怪祈禱結束的時間點與甜點送上來的時間點實在過於接近了。

說時遲那時快，修道僧們非常熟練地，不約而同趁那個空檔俐落地吃起西瓜來。眞不愧是專業架式。令人佩服。在《亞陀斯山米其林》裡，我認爲這間大勞拉修道院的廚房應該可以獲得相當的點數吧。不但燉菜美味可口，供應葡萄酒這一點也很不錯。只不過上甜點的方式會成為服務項目上的扣分對象。此外我也希望麵包能夠再加強一些。

吃完飯後，我迅速將桌子上剩下的麵包塞進袋子裡帶走，作為明天的糧食。由於這裡的餐廳人人看起來都很忙，要說出：「因為明天一大早要出發，能不能分給我們一點食物呢？」之類的話好像氣氛不太對。不僅如此，還有一堆囉哩囉嗦的規定，見我忙著將糧食塞進袋子裡，大家都一臉嫌惡的表情。與卡拉卡魯親切的馬修眞是天差地別。只不過，旁人嫌惡的臉色這等小狀況並沒有讓我手軟。畢竟糧食對我們來說可是攸關生死的問題。O君也總算找到機會摸了西瓜回去。這個人始終對西瓜念念不忘。

前往普卓姆斯小修道院

正如名稱所示，這大勞拉(Grande Lavra)是亞陀斯半島上超大的一間修道院。不但最大，也是最古老的修道院。因此設施的規模大而完善，但或許也因此而欠缺了幾分家庭的味道。就連餐廳也大得有些離譜。簡直就像是銀座的Lion Beer Hall一樣。讓我們輕輕鬆鬆享用一下西瓜不是很好嗎？

「不過，畢竟修道院又不是以讓異教徒愉快地享用西瓜為目的而存在的嘛。」O君說。這麼說的確也不無道理。

此外，這間修道院甚至還有紀念品商店。雖然並非像日本寺廟那樣販售饅頭、僧侶玩偶之類的修道院商品，而是嚴肅正經的宗教物品，但紀念品商店就是紀念品商店。還有，這裡也接上了電力。廁所裡甚至還裝了鏡子。之前造訪的那些修道院，連一面鏡子也沒有。因此我還以爲，修道院裡——基於不可以過於注重外表的理由——是完全不裝鏡子的呢。可是這裡卻的的確確裝著。照照鏡子一看，雙頰已然消瘦，鬍子也長出來了。看來亞陀斯半島似乎是一處理想的健身地。

這裡擁有各式各樣有來歷的建築物與寶物，但就如同一開始就排斥的，我對於這一類的東西並沒有興趣，而且就我的喜好標準來說，這個修道院實在有些過大，所以只在中庭隨意蹓躂蹓躂，看看壁畫而已。這下子，在亞陀斯所能停留的三個晚上就用完了。我們原本的打算是要繞過半島的南端整個走一回，但雨水卻將計畫完全打亂。從這裡再往前才終於要進入祕境了，實在是令人遺憾。

無論如何，我們還是決定走到南端的卡夫索凱佛(Kavsokaiyvia)的小修道院(Skete)，再從那裡搭船回到達夫尼。這樣好歹也算努力走到半島南端了。由大勞拉再往前——也就是迂迴繞過亞陀斯山到了對面——就沒有任何正式的修道院存在。那裡有的只是更小更克難，只能勉強說是修道院駐當地的出差所之類的所在。這種出差所可以分爲好幾類，依照規模大小分別稱爲Skete（與monastery修道院相似，但要小得多），**Kellion**（有如較大的農舍），**Kalyve**（小農舍），**Kathisma**（單人小屋），**Hesychasteria**（山洞或茅盧）。各個修道院的人員都有定額，若是人數超過，多出來的僧侶就會離開修道院，轉往這些出差所。最大的Skete也比修道院的規模要小，感覺上統一性也較弱，而排在最後的Hesychasteria，則已經完全是隱士的小屋了。他們在遠離人煙的荒山野地或是洞窟中搭建小屋，可以不受任何人打擾，在那裡過著宗教的孤獨生活。也就是所謂的武鬥派，死硬頑強的修道僧。而且，他們大多居住在這間大勞拉更前面的半島南端。對我來說，既然來到亞陀斯，無論如何都想要深入南方去看一看。

我們一早就由大勞拉修道院出發。值得慶幸的是天氣很好。萬里無雲。往前的道路每況愈下，終至壓倒性的惡劣。道路大部分都只有一個人勉強能夠通行的程度而已。而且有許多地方連路跡都已經找不到了。似乎一下雨就會變成小河，就是這樣的路。及人高的野草長得非常茂密，非得一路用手撥開才能前進。道路標示不清，有多處分岔的小徑會讓人迷路。可是，至少那團義大利人不會跑來這裡。

「村上兄，你似乎很討厭義大利人喔。」O君說。

其實並沒有這麼回事，只不過我曾經特地走訪過羅馬。再者，我也不想連在這種地方都會遇到義大利人。Non ne bello？（不是嗎？）

約一個小時後，我們到達了普卓姆斯的小修道院(Prodromos Skete)。一間離海岸有段距離，較靠近內陸的小修道院。有隻溫馴的狗一路直跟著我們。雖然一喊牠就會逃開，但繼續走就又在後面跟著。除此之外什麼人也沒有遇到。最後，這隻狗跟著我們來到修道院的門口。

普卓姆斯小修道院裡連個人影也沒有。進門走入中庭，來到應該是雅爾奉待的地方大聲呼喚，也沒有人出來。寂靜無聲。看起來好像最近所有的人才因爲某種理由而放棄了這棟建築物。清潔，整理得很好。可是沒有人影。觀察不到有人在的跡象。某處傳來鳥鳴聲。僅此而已。

但是這也沒有辦法，我們只得暫且坐下來等人過來。

大約十分鐘之後，一名纖細的僧侶好像一抹淡淡的影子似的，無聲無息地現身了。他的手上拿著法器。接著，他爲沒注意到我們而表示抱歉。因爲過了早上八點，幾乎就不會有朝聖者來到這裡了。他依例送上了咖啡、露可米與利久酒。不知該怎麼說，露可米的味道還是卡拉卡魯的比較好。

僧侶的名字叫作格雷曼。他是羅馬尼亞人，會說法語。據他表示，這個小修道院隸屬於大勞拉（所有的小修道院都隸屬於某一間修道院），創立於一八六三年。住在這裡的十五名修道僧全部都是羅馬尼亞人。他引領我們來到位於小修道院建地中央，一個氣派的禮拜堂。平常只有作禮拜時才會開放，但是生性親切的格雷曼神父特地為我們打開了門。一踏進入口處，無數的受難圖立刻映入眼簾。不論是牆壁上或是天花板上，都畫著過去因宗教而遭難的聖人受難圖。這些並非灰泥壁畫(Fresco)，只是用顏料畫上去的而已。由於才不過百餘年的歷史，雖然已有些褪色與裂痕，卻仍然相當鮮豔。看了這些，我不禁感嘆，這個世界上還真是充滿了各式各樣的苦難啊。

例如，有遭到烹刑的聖人（這個人只是有點不知所措的模樣，似乎不怎麼感覺燙）；有眼看手腳就要遭到斧頭肢解的聖人（這個人看起來相當痛苦）；也有人的肚子被放上了燒紅的煤炭（這個人一臉「什麼都無所謂了」的神情）；有腋下被火燒著的人（總覺得這個人一臉恍惚的模樣）；有被綁在車上來回拖行，背上被釘子刮得皮開肉綻的人（這個人似乎已經昏了過去）；還有被倒吊著活生生剝皮的人（好像非常痛）。而壓軸的是以鋸子裂股。將人倒吊著，用鋸子從屁股往下鋸。我覺得這是不是有點在開玩笑。看著這種種情景，心情不由得越來越沉重，但一進入禮拜堂裡，安詳的天國圖像便在眼前展開。聖人被神召喚至天庭休憩，異教徒則被打入地獄永遠受苦。天使吹奏著喇叭，聖母露出慈祥的微笑。不論天國或是地獄都有些誇張，而且構圖也相當單純。但歸根究柢，這種調調正是希臘正教的長處。獨到的原味。天主教的寺院也有相同的設計，但也沒有這般駭人。在威尼斯的托爾契羅(Torcello)島所見的受難圖，在義大利也是以殘酷的地獄圖著名，但與這些相比，看起來卻有如準天國一般。但不管怎麼樣，看了這些畫，也讓我聯想到自己所受的苦難是否還不夠。文藝批評什麼的，根本就稱不上受難吧，我心想。

「雖然受損相當嚴重，可是這個小修道院很窮，沒有辦法進行修復。」格雷曼神父說。

參觀過禮拜堂之後，格雷曼神父又建議：這附近有個聖人住過的洞窟，要不要過去看看？由於時間尚早，便決定過去看看。我們從小修道院的後面出來，穿過一處滿是石塊，有如當時考驗基督的荒地，來到海岸邊的斷崖絕壁。途中經過了幾間住著兩、三名僧人的小屋。那陡峭的崖壁上鑿有小階梯。非常陡的階梯，到底有多少級並不清楚。我們小心翼翼以免滑倒慢慢往下走，果然在崖壁上看到了洞窟，那裡面整設成小屋。小屋置有法器、木魚與木槌。小屋的地板向海傾斜得讓人害怕。有條橡皮水管從懸崖上方垂至窗外。看來是靠著這條水管從小修道院將水引過來。在沒有水管的年代，可能必須靠水桶一桶桶來取水吧。眞是艱苦的生活。

小屋的後面，洞窟的內部，有個小而靜謐的禮拜所。有祭壇，排列著的燭台上盡是燒短的蠟燭。裡面一個人影也沒有。只有海風不停咻咻地吹著。禮拜所旁邊的小洞穴裡陳列著四個古老的頭蓋骨。雖然不確定是幾百年前的東西，可是已非常古老。據推測，應該是在此修行而去世的僧侶遺骸吧。雖說難能可貴的骸骨，可是一旦變成了骸骨，從外表上根本就無從分辨是聖人或非聖人。也無從分辨是小說家、攝影家，或是編輯。大家看起來都一樣。不過是白骨一堆而已。

回到普卓姆斯小修道院時，看到數名僧侶正將圖書館的古書搬出來曬太陽，防蟲防霉。也有人正在修復編繩鬆脫而解體的書籍。每個人都是非常文靜。問問是否可以拍照，他們回答說：「沒關係」。在亞陀斯，要爲僧侶拍照是非常不容易的事（有許多僧侶很不喜歡被拍照，其中還有些人會生氣），但是這個小修道院的人似乎個性都比較悠然，很爽快地讓我們拍照。

接著，由於我們手上的糧食已越來越少，便厚起臉皮問格雷曼神父：「如果方便的話，能不能分給我們一點吃的東西？」格雷曼神父點點頭後消失了身影，一會兒之後便拿著裝有相當分量食品的袋子回來。裡面裝著番茄、乳酪、麵包與醃橄欖等等。從貧窮的小修道院分走這麼多糧食實在是不好意思，除了感謝這分親切之外，實際上隨後也立刻派上了用場。卡拉卡魯的馬修也好，普卓姆斯的這位格雷曼神父也罷，若非他們不求回報的善意，我們的下場一定會更淒慘。雖然我對於宗教並不十分清楚，但對於親切卻是完全明瞭。即使愛已消失也仍保留著親切，這是馮內果(**Kurt Vonnegut, Jr.**)所說的話。

我們在十點四十五分告別了這個普卓姆斯的小修道院。下一個目的地，是卡夫索凱佛的小修道院。然後，我們會在那裡搭上回程的船。如果順利的話……這是前提。

只不過，一切當然是並不順利。

卡夫索凱佛

從普卓姆斯到卡夫索凱佛的路非常崎嶇難行。幾乎沒有所謂的平地，不是相當險峻的上坡，就是相當急劇的下坡。翻過一座陡峭的山頭就是深谷，然後又是陡峭的山頭。一路這麼反反覆覆，只覺越走越心煩。沿海的崖道有許多已經崩塌，必須用手扶著碎石坡前進才行。才走了兩個小時就累得要命，便在懸崖上休息，俯望著下面的大海，喝個水，吃著格雷曼神父給的麵包和橄欖。橄欖的鹽分令疲憊的身體無比舒暢。

早上看來還聳立在我們右手邊的亞陀斯山，如今已然繞到我們的身後去了。我們正逐步接近半島的南端。可是仔細一看，剛才一直都還清晰可見的亞陀斯山頂附近，已經被令人不安的烏雲所覆蓋。而在那片雲之下，是朦朧的灰色陰影。看來山上正在下雨。而且雨勢相當大。又是說變就變的天氣。眞糟糕，搞不好這裡也要下了，才剛這麼想，雨水就淅瀝嘩啦從天而降。

我們急忙起身繼續前進，走了二、三十分鐘後，大雨便傾盆而下。原本就夠差的路況，下了雨之後簡直就是惡劣到了極點。轉眼之間所有的東西都被淋得濕答答的了。又重演前天的慘劇。

在半島中央部分過的是以大型修道院爲中心的修道生活，但這一帶不同，大多數的修道僧是在山中過著幾乎與農夫相同的個人生活。一路走來，點點的人家散見各處。有小小的田圃，有畜棚，有葡萄架，有狗。偶爾遇到的僧侶，雖說仍戴著僧帽，但並沒有著僧袍，而是穿著更適於辛苦肉體勞動的作業服。甚至還有穿著澤西(Jersey)褲或是牛仔褲的僧侶。

還有就是冀求更艱苦、孤獨的地點，因而建在俯臨大海的斷崖絕壁頂端的修道小屋。這不禁令人覺得詫異，到底是用什麼方法才能夠將房子建在那種地方。雖說去這些人家或是修道小屋暫借躲雨也可以，但我們一致決定，無論如何還是先趕到卡夫索凱佛的碼頭再說。畢竟我們在亞陀斯的停留許可也在今天到期，若是錯過四點由卡夫索凱佛港出發的船，麻煩可就大了。因此，我們便在逐漸增大的雨勢中繼續努力趕路。

前往卡夫索凱佛的途中，沒有什麼值得一提的事。大雨下個不停，路途艱險異常，我們則累得幾乎都沒有開口一直悶著頭走，差不多就是這個樣子。結果我們抵達卡夫索凱佛時已經兩點多了。這個時候，我們好像是游泳渡河一樣渾身濕透，只覺得快要冷徹骨髓了。

卡夫索凱佛是個座落於不知該說是陡峭的山壁，抑或已接近懸崖的坡面上的聚落。爲什麼特地挑了一個這麼可怕的地方來建城，理由我實在搞不清。這麼陡的山坡上，不但幾乎無法開墾田地，不論到哪裡也都非得上上下下不可。從小鎮的入口到位於最下面的碼頭，我看高低差恐怕有三十層大樓那麼高。簡直就是個座落於瘋狂地形的小鎮。雖說是小鎮，卻連個商店或小吃店都沒有，沿路只散見與修道院有關的建築物，以及像是獨立修道小屋的處所而已。也沒有看到人影。總之就是一處寂靜荒涼的所在。尤其是在滂沱的大雨中，就算不能說是世界的盡頭，感覺上也是相當接近盡頭的地方。距離船啓程的時間還有兩個小時左右，可是我們由於擔心——不知道在這裡還會碰到什麼狀況——決定無論如何還是先下去碼頭看看。

碼頭位於鎮外還要再往下走。一個好像是化糞池底的地方。沿著崖壁上非常陡峭的樓梯一直往下走去，確實有座混凝土防波堤向海延伸出去。海浪嘩嘩地不斷拍打揚起飛沫，到處都有深色的海藻被打上岸來。極目望去，海上也都下著傾盆大雨。背後則是絕壁。除此之外什麼也沒有。碼頭上沒有建築物，也沒有標示。只有防波堤而已。眞要命，難道還要在這種地方再淋兩小時雨等船來嗎，想到這裡不覺越來越消沉。

不過人總有幸運的時候，試著再往前走了一段，我們發現了一個洞窟。這一帶的地形似乎很容易形成洞窟。雖然並不是多麼深的洞窟，但進去裡面還是能夠躲躲雨。我們在這裡脫掉衣服，用毛巾將身體擦乾，然後換上乾的衣服並吃東西。一方面是肚子非常餓，再說反正馬上就要搭船離開亞陀斯了，我們便將剩餘的糧食差不多全都解決掉。用麵包夾著番茄與乳酪還有青椒來吃，還吃了橄欖。背包裡只剩下少許餅乾，兩片乳酪，以及檸檬而已。

手錶走過三點後，雨終於停了。雨一停，接著便回復得非常快。轉眼之間連太陽都出來了。亞陀斯的天氣眞的是說變就變。我們走出洞窟，將襯衫與褲子晾在陽光下曬乾，在睽違多日之後又只穿著條短褲做日光浴。眞是舒服得很，我甚至還迷迷糊糊打起盹來。不管怎麼樣，接著只要悠哉地等船來就好了。雖然沒趕上預定計畫繞過半島頂部，但是我們至少來到了最頂端，而且糧食也已耗盡，該是回去的時候了。然後，我想要好好刮刮鬍子，想洗個澡，還想喝酒。

可是船並沒有來。

即使等到了四點，到了四點半，竟然到了五點船都沒有來。

「這是怎麼回事？」我們檢討著各種可能，可是並沒有得到結論。而且海況也沒有差到必須停航的地步。或許是從船上看不到我們的身影也不一定。於是我們爬到懸崖上，像是鬼界島的俊寬那樣對著偶然從遙遠的外海通過的船隻大喊：「喂——，喂——」。可是沒有哪艘船理會我們，也沒有任何一艘船駛向我們所在的海灣。我們被遺棄了。

如果沒有搭上船，就非得在這裡再過一晚不可。只有三夜的許可是否能夠住上四夜是個問題，但反正也別無他法，就只有住下來了。以後的事情就以後再說吧。

因此之故，我們便在卡夫索凱佛的小修道院度過了預料之外的第四晚，但整體回顧來說，這裡是我們所經歷過最蠻荒、最惡劣的修道院。旅行就是如此，事情並不會依照預定計畫順利進行。這是由於我們身在異鄉的緣故。不屬於我們的地盤——那就是異鄉。所以，在那裡所遭遇的事物，並不會依照我們的想法來發展。反過來說，事物不會順順利利進行，那就是旅行。正因爲不會順利進行，我們才會遭遇各式各樣有趣的事物、不可思議的事物，以及令人瞠目結舌的事物。而正因爲如此，我們才要旅行。

首先，我們在小修道院裡找了位會英語的僧侶，試著向他打聽：「爲什麼船沒有來呢？」。狀況——根據他的說明——單純而明顯。大致如下，(1)我們弄錯了等船的碼頭。船停靠的碼頭位於再翻過一座山的那一邊。(2)但是也別難過，反正這種天氣船也不會來。只要天候一差，船就會立刻停航。(3)在這個季節船是兩天一班，因此要等到後天才會來，但要視天氣而定，不來的可能性也很大。(4)最合理的解決對策，就是明天靠自己的雙腳走到亞吉亞・安納(Agia Anna)，去那裡搭開往達夫尼的船。如果前往位於半島西側的亞吉亞・安納的話，每天早上都有一班船出發。他這麼表示。

「你說早上，是幾點呢？」

「七點。」

「從這裡到亞吉亞・安納，大約要多少時間？」

「這個嘛，快的話三個半小時吧。」

再怎麼樣，也非得在清晨四點之前去趕山路才行，否則就會演變成得在亞吉亞・安納再住一晚，然後搭後天的船了。那樣的話，就變成以四天三夜的許可證停留了六天五夜，問題就又更大了。

「不過，去亞吉亞・安納看看，或許可以找到船也不一定。」我說。

「說得也是。我們就過去看看吧。」編輯O君也說。

總而言之，我們因此不得不依照最初的打算，將半島的頂端——也就是最嚴苛的地域——整個繞過一回了。

我們在卡夫索凱佛的小修道院（這個小修道院與普卓姆斯相同，也隸屬於大勞拉修道院）的住處，與其說是禪房，不如說是偏遠地區的工寮還比較接近。雖然是免費讓我們過夜竟然都還要抱怨，但這裡眞的是很差。由於所謂的廁所，只是個令人想敬而遠之權充廁所的地方——雖然我是個幾乎未曾便祕的人——使得我不論用什麼方式，不論怎麼努力，卻都沒有便意。負責住宿的僧侶，像極了吸血鬼電影裡出現的佝僂僕人，邋遢的臉帶著晦氣而陰森，是個極端惹人厭的男子。與馬修和格雷曼那樣文靜而知性的人完全是大異其趣。經常嘀嘀咕咕地自言自語，然後一腳把什麼東西踢走，或是碰地把門關起來。我們來到後，也沒有露可米、咖啡或利久酒，什麼都沒有。這裡就是這麼個不對勁的地方。

晚餐也很糟糕。首先是麵包。這只是個胡亂敷衍了事的玩意兒。不知道是什麼時候做的，硬得像是石頭，而且有一面還長了青黴。他要我們先將麵包丟進洗臉槽用自來水泡脹，然後用濾網撈起瀝掉水給我們。雖說讓我們用水泡脹並不能說不親切，可是這種東西完全說不上是人吃的食物。除此之外還有冷掉的豆子湯。在裡面咕嘟咕嘟倒了好多醋才端出來。「加醋，有精神。」他說。也許話說得沒錯，味道卻令人不敢恭維。還有好像糊牆土般爛爛的菲達乳酪。這是我有生以來吃過的菲達乳酪中最鹹的貨色。總之就是令我的五官都揪在一起那麼鹹。若是讓羅患高血壓的人吃了這個，想必會兩腿一伸就翹辮子了吧。可是肚子正餓，又不能不吃。因爲沒有其他選項。於是我們就只好吞下泡脹了的發霉麵包，喝酸豆子湯，嚼鹹乳酪。

「吃這種長了黴的麵包，身體不會有事嗎？」松村君問道。大哉問。可是我也沒有吃這種長黴麵包的經驗，無從推斷會有什麼下場。強壯的話或許就可以活下去，不強壯的話搞不好就不行了。但反正肚子餓了。無可奈何。閉上眼睛吃下去吧。不必說，這絕對不是好吃的東西。

雖然松村君曾在中國內地跑過一個月，是個見過世面的人，但他仍表示，與這裡比起來都還算好的。

在這當兒，也不知道從哪裡跑來了一隻貓。這隻貓多半是在這個修道院落戶，只見牠喉嚨發出咕嚕咕嚕的聲音，腦袋一面在那個拿飯給我們吃的詭異僧侶的腳上磨蹭。那僧侶又一面嘰咕咕自言自語（搞不好是在念什麼咒語），然後仍是將發霉麵包泡進豆子湯裡，說了聲：「過來，來吃」。要拿那來餵貓（感覺上他對待貓的方式還比對我們親切若干）。結果你猜怎麼著，貓還眞的過去咂咂吃了起來，好像很可口似的。

這幅光景實在是令我覺得難以置信。在這廣大的世界裡，居然還眞的存在著靠豆子湯與黴麵包過活的貓。這種貓，是我前所未聞前所未見的。我所飼養的貓，連柴魚拌飯都不太肯吃。

世界還眞是遼闊。大概對於生長在卡夫索凱佛的貓來說，食物就是發霉麵包與放了醋的豆子湯吧。因爲貓並不知道。不知道只要翻過幾個山頭，那裡就有所謂貓食這種東西存在，而且還分爲柴魚口味、牛肉口味與雞肉口味，甚至還有美食專家特餐罐頭這種東西。不知道有些貓會因爲運動不足、營養過剩而早夭。而且也不知道黴麵包這種東西絕非貓應該吃的東西。這些都是卡夫索凱佛的貓所無法想像的事情。貓咪一定是心裡想著：「好好吃啊，今天也有黴麵包可吃，眞是幸福啊。活著眞好。」一面吃著黴麵包吧。

那或許也是種幸福的人生吧，我心想。可是這並非我們的人生。若是要被多關在這種地方一天，再吃發霉麵包的話，我們鐵定會徹底投降。明天就儘早向亞吉亞・安納撤退吧。

亞吉亞·安納——告別亞陀斯

晚餐後，由於沒有其他事情得做，我找出載有亞陀斯歷史的書，躺在床上，試著查一查卡夫索凱佛的形成經過。由書中得知，這個卡夫索凱佛的小修道院是由四十個Kalyve（人數少，像是家族般生活的小修道院）集合而成。最早住在這裡的，是一位名叫馬克西摩斯(Maximus)的隱士。這個人似乎不喜歡與人來往，是個相當乖僻的隱士。據說他最初是在靠海處搭建了庵舍，獨自享受著隱士生活，但其他僧侶也開始搬來附近後干擾了修行，他便一把火燒掉了自己的小屋，愈搬愈往懸崖上移動。或許他是個急躁的人也不一定。除了遷走之外還要燒個精光，這未免也太過火了。總之就是這麼個緣起，依傍在這個斷崖上，地形奇妙的城鎮形成了。城鎮形成的緣由本身就是這麼乖僻彆扭。而且也令我感覺到，這分乖僻如今也完全滲入土地之中殘存下來，而成爲這個城鎮的性格。

或許這個負責住宿的僧侶也不太希望有人來訪，只不過他沒有將小屋燒掉（因爲要一一燒掉會沒完沒了），而是藉發霉麵包好盡快把我們趕走也不一定。果眞如此的話，他這種策略算是成功了。看到早餐又有泡了水的發霉麵包，我們都覺得很沒力。這回甚至還付上了硬梆梆的發霉露可米。還有超鹹的菲達乳酪，以及咖啡。無奈肚子餓，只好含著淚默默吃下肚去。

「我說啊，這是不是要惹人嫌才故意弄的啊？」松村君說。相當急進而根本的意見。

「那邊的出家人在吃好東西哪。」O君說。

「你這麼一說，我也覺得這裡的出家人氣色都很好噢。還有人挺了個小腹。」松村君說。

「可是貓不會說謊，否則也不會跑來這裡吃黴麵包吧？如果有好吃的東西，貓一定會聞到味道跑過去才對。」我說。

我們並沒有得到什麼結論。但對於盡早離開此地一事，卻是全員意見一致。目的地是亞吉亞．安納的小修道院。這個小修道院也隸屬於大勞拉。雖說既然已經來到這裡就別指望會有什麼享受，但仍祈求好歹能比卡夫索凱佛好個幾分。

從這個卡夫索凱佛到亞吉亞．安納，路況仍然很糟糕。這才是不折不扣亞陀斯最惡劣的道路。山勢越來越險峻，山谷越來越深。攀爬上山後又攀爬下山，這樣一路持續著。是條連再去思考什麼都令人心煩的艱險道路。只有天氣晴朗是唯一的救贖。途中我們曾與多名僧人錯身而過，但來到這一帶，就非得等到靠近之後，才分辨得出是僧侶還是乞食的大猿。總之就是衣服破破爛爛，頭髮鬍子隨意亂長，只露出了炯炯有神的眼睛。因爲這種人都在山裡頭到處亂轉。有個在路上遇到的老僧誠摯地對我們提出了忠告：「下次來的時候，希望你們已洗心革面，皈依正教。」

走了一個小時，我們已累得筋疲力竭，於是在山脊處坐下來擦擦汗，將檸檬剖半用力擠出汁來喝。這檸檬好吃到連喝好幾個都還覺得不夠。原本應該很酸才對，卻完全不覺得酸。我咕唧咕唧地啃著將果汁擠出來喝，只差沒連皮一起吃下去。路上要一直帶著檸檬，是我在夏季的希臘旅行所學到的教訓之一。

若是不說說話會愈來愈沒精神，於是我們邊走邊以食物爲話題聊了起來。在東京要吃鰻魚的話得去哪家店啦；蕎麥麵店的小菜哪家好吃啦；吃壽喜燒時該先放蒟蒻粉條還先放是豆腐啦；哪家肉店的可樂餅要用哪裡的麵包來夾才好吃啦；去京都的話該上哪裡吃蔥燒料理才對啦，這一類有的沒的的事情。反正肚子也正餓著，談話的內容便越來越寫實，描述也逐漸往細節發展。就如同許多編輯一樣——用公司的費用去吃飯也是編輯人業務中的一項——O君對飲食資訊也知之甚詳，而我對吃的事情也很感興趣。所以話題一直持續發展，源源不絕。可是松村君卻漸漸變得沉默起來。然後變得完全不再開口。我自己是聊天隨便說說就算了，可是這個人卻是聽著這些話，腦袋裡那種食物的影像就會自動膨脹起來的類型，因此每次談論到各式各樣美食時，就會渾身欲裂苦不堪言。「那個時候眞的是太痛苦了。」後來他向我坦承。我覺得自己做了壞事。但早知道有這麼回事，我也許反而會說出更強烈的話來吧。我就是特別擅長這樣的描述。

總而言之，我們的肚子就是那麼餓，就是那麼疲累。因爲從昨天傍晚到現在，簡直就等於沒有吃任何東西一樣。雖說旅行背包裡還還剩下少許餅乾和乳酪，但是非到最後的最後關頭不能拿出來吃。誰知道在亞陀斯還會發生什麼事。

就在這種狀況下持續走了大約三個半小時。由於鞋子的尺寸也有些不合，腳上磨破了兩個水泡，指甲也翻了起來。說起來那眞的很痛，但最後卻連去感覺痛都嫌麻煩了。反正除了繼續走之外也沒別的辦法。雖然我經常慢跑，對於這種程度的激烈消耗已有某種程度的適應，仍然覺得這條路太累人了。更何況還是接連著四天，持續這麼走來的。以工作而言，在都市長大的〇君還眞可憐。

十一點二十分終於抵達了亞吉亞·安納的小修道院。與卡夫索凱佛相比，這裡的人們友善多了。爲我們送上了咖啡與利久酒。利久酒眞是美味。感覺好像滲入了全身的骨頭之中似的。從小修道院的庭院向下俯瞰，可以看到波光粼粼的大海，還有港口。這裡也與卡夫索凱佛相同，是個座落在懸崖山腰的聚落。

向僧侶詢問船的事，他表示今天的船已經駛離，只能等到明天早上了。又問難道沒有其他船嗎，他表示如果額外出一筆費用的話說不定會有船來。於是我們便拜託這位僧侶幫忙打電話到達夫尼的港口詢問。這位親切的出家人甚至還幫我們與船的船長(Copitano)討價還價。「老兄，你這不是敲竹槓嘛。這是因爲有日本來的朋友遇上了麻煩啊。」如此這般不斷與對方交涉。最後談妥爲兩萬五千德拉克馬(Drachma，希臘貨幣單位)。僧侶似乎覺得對我們非常不好意思。「對方說如果出兩萬五的話就來，怎麼樣？」他問我們。雖然有點貴（折合日幣大概兩萬圓多一點），但因爲停留許可的問題，還是決定僱船。「好吧（Endaxi）。」我們說。

隔了沒多久，附近便聚集了許多希臘人（大多是在此停留的朝聖客），七嘴八舌地談論著：聽說這些日本人花了兩萬五包了艘船噢。對這些人而言，兩萬五是一筆相當可觀的金額。如此大手筆僱船實在是令人有些難以置信。雖然想告訴他們從成田機場搭計程車到東京市中心差不多就要這麼多錢，但解釋起來太費唇舌只得放棄。以「雖然貴得有些離譜，但我們無論如何都必須趕回去工作才行。而且又快趕不上飛機了。」這種方式適當加以說明，大家似乎這才稍稍理解。或許幾個月之後，我們的事情仍然會被當成話題傳來傳去吧。

在船來到之前先在那裡曬曬太陽打發時間。我又請幫忙打電話的親切僧侶帶我去參觀禮拜堂。這個禮拜堂的牆壁上當然也畫滿了地獄與天堂的情景。這裡也有種種形態各異的淒慘殉教圖與受難圖。僧侶非常親切地爲我說明禮拜堂的細部，可是用的是希臘語，我聽得並不是很明白。但他是個本性親切的人，在說明「這名聖人的眼睛被刨出來了」的時候還實際模仿眼睛被挖出來的模樣，因此大致可以理解。

正當我們無所事事的時候，船終於來了。是艘相當不錯的船。總覺得像是渡船臨時加班來接我們似的。換言之應該是船長個人的兼差吧。從這裡到達夫尼要一個小時，從那裡再到烏拉諾波里則還要兩個小時。以日幣兩萬多圓僱船跑這麼一趟，我們感覺還算便宜。碼頭上過來了一對父子，詢問是否方便讓他們一起搭船。當然是讓他們上船了。臉龐瘦削、年約三十五左右的父親，以及十歲左右的小男孩。聽他們說，兩人是從克拉西亞來此走訪亞陀斯的修道院，接下來要去狄奧尼休(Dinoysion)修道院。他們似乎有什麼心事，是對出奇沉默的父子。

上了船之後，我立刻脫掉登山鞋打了赤腳，身上只剩一條短褲。然後躺在甲板上。途中先順道去狄奧尼休修道院讓朝聖父子下船，再繼續駛向達夫尼。不論是進入亞陀斯或是離開亞陀斯，都必須經過達夫尼才行。到了達夫尼我們又換回長褲。對於神的庭園，短褲可是大不敬的。在達夫尼有許可證查核及簡單的行李檢查。檢查看看有無攜出任何修道院的寶物。不過並非多麼嚴密的檢查。連我們逾期停留也沒有多說什麼。隨便看看資料，就說ＯＫ了。

就這樣，我們的亞陀斯之旅終告結束。到了烏拉諾波里，我們所做的第一件事，就是去小吃店暢飲冰啤酒。那滋味讓人覺得意識似乎在剎那間一黑似的。然後便盡情享受塵世的飲食。我們點了魚湯、洋芋片、沙丁魚、小烏賊，以及沙拉。然後一面聽著從汽車音響傳出來的海灘男孩(Beach Boys)，一面悠哉地用餐。這是眞實的世界。還有誰要吃發霉麵包那種玩意呢，我心想。

然而在經過了幾天之後，我卻很不可思議地思念起亞陀斯來。老實說，即使在寫著這篇文章的現在，也不由得思念起那個地方。在那裡生活的人們、在那裡所見的風光、在那裡所吃的食物，都非常眞實地逐漸浮現在眼前。那裡的人們雖然困苦，卻過著平靜而擁有堅定信念的生活。那裡的食物都非常簡單，但卻充滿了具有鮮活實感的味道。甚至連貓都津津有味地吃著發霉的麵包。

正如同一開始所述，我算是個對宗教漠不關心的人，而且是不會輕易爲事物所感動、從各方面來說屬於懷疑類型的人，即使如此，我卻仍然清清楚楚記得，當那在亞陀斯的路上遇到，像是野猴子般髒兮兮的僧侶對我說：「請改邪歸正皈依正教再回到這裡」時的事情，眞是怪事。當然，我並不會皈依正教。可是他的話語卻具有不可思議的說服力。我認爲，與其說那是宗教云云，不如說是生活方式上信念的問題吧。若是說到信念，我認爲即使找遍全世界，可能都很難找其他像亞陀斯這樣充滿堅定信念的地方了。對他們而言，那是個毫無疑問、充滿信念的眞實世界。對卡夫索凱佛的那隻貓來說，長黴的麵包，是世界上最眞實的事物之一。

那麼，到底哪一邊才是眞的眞實世界呢？

土耳其篇

紅茶、軍隊與羊——21日環遊土耳其

軍隊

土耳其是個擁有重兵的國家。若是撇開處於戰時體制下的國家不談，能夠看到這麼多軍人的國家，應該是少之又少吧。而且不只是軍人，警察的數目也很多。總而言之就是穿制服的人多得要命。不但基地的數量多，在街上閒晃的軍人也多。

此外，土耳其也嚴禁拍攝軍人與警察的照片。因此，即使你只打算拍張市區風光，原則上都必須先確定一下那裡沒有軍人或是警察才行，否則就會有警察或憲兵隊過來說：「跟我們走一趟。」並把人拉去調查，底片也會被抽走。即使你根本就沒有拍攝軍人或警察的意圖，結果卻拍到了他們，就會遇上麻煩。不但浪費時間，情緒也會大受影響。我們在伊斯坦堡市區就曾經碰上了這種待遇。他們可是認眞的。

但這畢竟是他人國家的狀況，有可能是情勢所需，若是以旅行者的眼光來看事情就隨意好像在批評似的說長道短，或許也不太合理。可是，爲什麼連如此瑣碎的事情都非得一一緊盯著不可，又是件令我無法理解的事情。首先，我們所拍攝的並非值勤中的軍人，而是在休假的軍人。第二，何況我們事先詢問過那些水兵是否可以拍照，他們說ＯＫ之後才拍的。他們甚至還在鏡頭前面擺姿勢。可是快門按下去之後卻來了個便衣警察，將松村君帶去警察局（沒錯，街上還有一大堆便衣警察）。底片則不容分說被抽走。我實在是不明白。爲什麼拍攝休假中的軍人也會牽涉到軍事機密呢？而這種事情究竟會威脅到土耳其何種國家利益呢？

或許，拍攝休假中的軍人，可以從制服來研判出哪個部隊在休假也不一定。可是在這個高科技資訊戰爭的時代，到底有什麼人會大費周章地來到伊斯坦堡的公園逐一拍攝曬太陽的水兵，再以他們的制服爲線索去推斷部隊移防呢？如果眞的是在擔心這種事，那就已經完全是威權主義的精神病了。我是因爲分外喜歡土耳其這個國家才願意冒昧這麼說，若是眞心期望多少能夠消除大多數西歐人民對於土耳其所抱持的，像是《午夜快車》(Midnight Express)的那種偏見與陰暗印象，這種軍事上的精神病，我覺得還是盡早免除比較好。普通的旅行者，不論是基於何種理由，都不會對穿著制服的人過度跋扈的國家抱持好意或敬意吧。

從希臘搭車渡過艾佛羅斯(Evros)河剛踏上土耳其領土一步，全身肌膚便會感覺到空氣倏地爲之一變。首先，軍人的相貌就不一樣了。眼睛炯炯有神，臉頰瘦削，腦袋上頂著個三分頭。這些軍人手持自動步槍或是機槍，面無表情地緊盯著我們。

當然，土耳其、希臘邊境是條緊繃的國界。希臘人與土耳其人可說是水火不容，經常互相攻擊，雙方部隊各有傷亡。由於小衝突不斷，每次出現在兩國的報紙上時都滿是愛國的詞藻。伊朗的偷渡客會趁著夜色渡過艾佛羅斯河從土耳其偷渡到希臘那邊去。希臘譴責土耳其故意放縱偷渡客；土耳其則譴責希臘無故非難，是在作軍事上的挑釁。因此會有如此緊繃的狀況也無可奈何。即使是希臘方面，國界附近也經常有部隊移防。但是全副武裝、負責國界警戒的希臘士兵，並不會板著一張臉。舉起相機對向他們，還會笑咪咪的朝你揮揮手。即使拍攝戰車的照片也不會惹他們動怒。

總之過了橋一進入土耳其這邊，情況就爲之丕變。這裡的人們就是沒有辦法不嚴肅。怎麼也感受不到微笑揮手的氣氛。入境的手續也很嚴格。特別是我們開著全裝備的大型三菱Pajero吉普車，檢查花了相當多時間。檢查哨有許多處，每個檢查哨的士兵都是荷槍實彈。槍口還對準我們。一臉只要有個什麼不對勁就會立刻開火的模樣。

當然，我也很能夠理解他們之所以會如此的原因。從地理、歷史上來看，土耳其是個罕見的、始終孤立的國家。這個曾經擁有廣大領土的國家，直至二十世紀初期之前都對鄰近諸國人民施以嚴厲的軍事統治，於此歷史過程中所產生的摩擦仍然持續著。首先是與希臘徹底交惡。這甚至嚴重到讓人覺得是否已無法修復的程度。而蘇聯則是長年以來不斷受其侵擾。有種恨入骨髓的感覺。因此，即使土國以反蘇聯的立場加入了NATO，卻遲遲無法獲得EC的接納。西歐對於土耳其不信任的這種氛圍強烈，對於其移民亦採取嚴格的態度來看待。雖然已經過了數個世紀，與土耳其人之間血腥激烈戰爭的記憶，卻仍未從西歐人心中抹去。

除此之外，在塞浦路斯(Cyprus)問題方面，在國際上也完全是處於孤立的狀況。承認北塞浦路斯共和國（**Turkish Republic of Northern Cyprus**）獨立的只有土耳其而已。而與伊朗、伊拉克、敘利亞等東南部各鄰國的關係，雖說同爲回教國家，卻因爲領土問題、少數民族及難民等問題而紛擾不斷。絕對說不上親密。事實上，當我們環遊到東部邊境時正好發生了庫德族(Kurds)問題，那一帶的狀況是一觸即發，非常緊張。而且，這個國家是個由許多少數民族所組成的多民族國家，分離獨立的問題經常會浮上台面。內亂的火種隨時會蔓延開來。

總而言之，這個國家不論面對哪個方向，都無法鬆懈下來。也沒有眞正親密的朋友。所以一直處於微熱的緊張狀態。因此之故，軍隊的數量確實是多。而且土國原本就是個經由大小戰役、經由擊潰對手而獲得各種利益，民風驃悍的國家。軍人身爲國家的菁英份子而擁有強大的權力。

種種寫來都是負面評價的事情。但是說實在的，我對於土耳其軍人個別的印象並不壞。令我有些反感的，是那僵化的體制、威權主義與官僚主義，以及過於強悍的軍事主義。就我個人來說，如果將軍人一個個抽離來看，我們在土耳其的旅程中與他們的互動，根本沒有不好的感覺。他們純樸，和藹可親，好奇心旺盛——也就是道道地地土耳其人式的土耳其人。雖然遠遠看過去非常強悍而嚴肅，但是來到身邊交談之後，就會知道他們只是非常平凡的土耳其農村青年。一看就知道是尋常百姓的子弟。只要看長相就知道。這該怎麼說呢，是與金錢和知性完全無緣的青年。而且說起來，都具有明顯的亞洲臉孔。或許是徵兵而來的也不一定。或許是沒有工作才從軍的也不一定。可是我認爲，他們絕非英雄類型的人。而且他們——這大概是由於我這個年紀才會如此認爲吧——看起來根本就還是孩子。他們看起來只是被放在錯誤位置的孩子。

我們曾經多次搭載攔便車的阿兵哥。雖然這種事令人難以置信，但在土耳其，執行任務的軍人眞的會攔便車。他們通常是雙人編組，帶著機關槍或地雷，頂著豔陽無精打采地走在路上。遇到有車輛經過就會舉手攔車，要求送他們到目的地去。起初我們看到有軍人揮手便急忙停車，以爲是攔檢或是有什麼狀況。可是大多都只是拜託：「能不能送我們去基地？」而已。眞是無憂無慮的軍隊。反正是順路，我們完全不會介意讓他們上車，可是放在車內地板上的機槍槍口對著我們的脖子，即使保險關得再緊（應該是關著的吧），這都不是會讓人覺得舒服的玩意兒。握著方向盤的手都汗濕了。

儘管有那些冷冰冰的武器、裝備，很不可思議的，他們個人卻不會給我們帶來恐懼感。再怎麼說，都只覺得他們很可憐而已。坐上了我們的車的他們，總是顯得非常緊張。怎麼也無法想像，竟然搭上了由日本人所駕駛的車輛。他們會非常好奇地在車內四下打量、玩弄汽車音響，或是和同伴談論著照相機的種種。從後視鏡裡可以看到，緊張與好奇心在他們眼睛裡交戰已達到極限狀況，有時好像快要噴發出來似的。他們的表情簡直就像是來到了滿是玩具的房間裡的小孩一樣。如果我會說土耳其話，或是他們會說英語的話，一定能夠發展出更多話題，可惜我們只能用非常簡單的土耳其語和英語作零星的溝通而已。可是只要來根香菸或是一片口香糖，便足以打破與他們之間的隔閡。這種感覺或許有些奇怪，但他們是亞裔的阿兵哥。他們給我的感覺，與以往所見的美國或歐洲軍人截然不同。與美國或是歐洲的軍人比較起來，即使語言不通，我卻似乎能夠完全理解他們的心情。我認爲，這似乎並非同爲亞洲人這麼單純的理由，而是因爲我能夠感覺到，他們的眼睛裡有某種純眞的特質——或是說不會拐彎抹角的特質——的緣故。

土耳其兵這個名詞會讓我們想像到的，舉例來說，是像《阿拉伯的勞倫斯》(Lawrence of Arabia)裡出現的粗野殘暴的土耳其兵。可是——我是這麼覺得的——那是歐洲人眼裡的土耳其兵。可是在身爲日本人的我的眼中，他們看起來既不特別粗野也不殘暴。看起來極其普通。他們只是隨處可見的普通農村青年。與以往支撐日本舊軍隊的青年屬於同一階層。無知而純樸，慣於吃苦耐勞。如果長官要灌輸什麼觀念，都會輕易相信吧。若是處於這樣的情境，他們或許會變得粗野而殘暴也不一定。與任何國家任何軍隊的士兵一樣。但像現在這樣配備大柄NATO步槍、津津有味抽著萬寶路香菸的他們，既不粗野也不殘暴。只是孩子罷了。

在東部邊界，我們一天會碰上十次以上的攔檢。每次都被槍對著。不過眞正覺得心驚膽顫的只有一次而已。那是被頭戴貝雷帽的特種部隊攔下來的時候。他們並非一般的士兵。他們是菁英，是眞正的專家。首先眼神就不同。好像要將對方剝光似的眼神。其次是歐洲人的長相。不是土耳其的亞洲區的長相，而是歐洲區的長相。有冷酷的藍色眼珠。他們徹底檢查我們的護照。舉止有理，而且冷酷。可是我們仍然被嚇得直冒冷汗。隨後沒多久又碰上亞洲臉孔的阿兵哥攔檢時，我們反倒覺得鬆了口氣。他連我們的護照也不怎麼看，而是眼睛骨碌碌地打量車子裡面。然後問道：「嘿，有沒有香菸？」聽到我說：「沒有」，他略帶遺憾地笑了笑，示意我們可以走了。差不多都是這樣。

從多格巴(Dogubayazit)駛往凡湖(Van Lake)途中，行經一處距離伊朗國界只有一公里左右的地點。是最接近伊朗國界的地點。由於這一帶是庫德人偷渡、私梟暗中活躍（那是這一帶人們的正業），以及難民流入等問題最爲白熱化的地點之一，警戒異常嚴密。從這一帶到哈卡里(Hakkari)——這種事情土耳其人對外國觀光客可是絕口不提的——軍人遭游擊隊射殺的事件並不稀奇。這個地區的攔檢實在是多。加上我們又弄錯了路，走上一條較正規路線（話雖如此也不是多好的路）更加偏僻、滿是岩石的邊境山路。正當進退維谷的時候，遇到一處檢查哨，兩名手持自動步槍的士兵衝到路上來。然後用槍指著我們喝令停車。神情相當緊張。檢查哨有處高出一段的地方堆置著沙包，上面架設有機槍。槍口也對著我們。由於我們特地選了條一般人不會通行的路來走，會被懷疑也無可奈何。亞洲面孔的阿兵哥面無表情地取走我們的護照，交給慢條斯理由裡面走出來的歐洲面孔中尉。中尉看來應該不到三十歲，是個氣質像是有點疲倦的知識份子的男子。頭髮散亂，睡眼惺忪，一臉去夜遊才剛剛回來的模樣。怎麼看都不是驃悍的那種類型。腰間掛著一把大型自動手槍，卻與他一點也不相稱。中尉啪啦啪啦翻著我們的護照，檢查了好一段時間。然後用英語問我們要去哪裡。凡城，我們說。他看著我們的臉好一會兒，並且命令部下檢查後座的行李。並不是多麼仔細的搜查，但還是整個檢查了一遍。大家都一臉爲難，表情僵硬。中尉也很困擾，不知要如何處理這些日本人才好，於是又緊盯著護照。士兵們在等待他下達指令。一共有十名兵士。

我突然靈機一動，「可以讓我們拍個照片嗎？」試著詢問中尉。雖然這個舉動會令大家緊張，可是我覺得，若是這樣表現得很自在，或許反而會漸入佳境。我們若是緊張，對方自然也會緊張。我並不期待眞的能夠拍照，以爲恐怕只會得到「NO」這個回答吧。畢竟之前我們曾數度試著向軍人提出攝影許可的要求，每次都遭到了拒絕。

可是聽到我這麼說，「浪蕩子」中尉卻出乎意料地露出了笑容，「啊，拍照啊。可以啊，拍吧。」旁邊的「亞洲臉」士兵們聞言也相視而笑。現場的氣氛倏地爲之一變。盤查啦身分核對什麼的，已不知被吹往何方去了。連我都沒有想到居然會這樣受歡迎。大家竟然都非常喜歡拍照。在這麼偏僻的駐屯地，最高長官就是中尉，只要這個中尉說好，就沒有什麼好擔心的了。不論是強悍的士官長或農村臉的阿兵哥們都將自動步槍丟在一邊，親熱地合拍紀念照片。後方有紅底加上月亮與星星的土耳其國旗在飄揚，翻過山丘一公里之外就是伊朗。當然，還有一個人奉中尉的命令守著機槍在監視道路。再怎麼樣也不能夠完全棄警戒於不顧。雖然他一副非常遺憾的模樣，但這也是沒有辦法的事吧。畢竟軍隊就是軍隊。

紀念照片大致拍好之後，中尉命令一名士兵去備茶。他為我們送上了類似日本茶的茶伊（Çay，土耳其紅茶）。另一名士兵則去搬了椅子來。有種會聊得很久的氣氛。只要與土耳其人攀上了個人關係，必定會聊得很久。大體上除了不怕生又好奇心強烈之外，對於時間的感覺也比我們日本人淡泊而緩慢，話匣子很容易就會拉得很長。這個「浪蕩子」中尉也不例外。不過，讓國界警備隊請喝茶可是難得的機會，應該會很有意思，我們便決定暫且坐下來接受茶伊的款待。我、松村君及中尉三個人坐在椅子上喝起茶伊。阿兵哥們則聚在一旁靜靜看著我們。這裡會說英語的只有中尉而已。因此，能夠以英語與我們歡談，對他而言似乎是個對眾人展示權威的大好機會。雖然一副浪蕩子的模樣，畢竟還是很了不起的。事實上，大家看起來也真的是流露出「好厲害啊」打心底佩服的神情。土耳其部隊的軍官多知識份子，相貌與下級士官或普通的阿兵哥不同，氣質也不一樣。簡單的說，有種「出身不同」的感覺。這名中尉也是如此，金髮，身高也最高。其他阿兵哥都剃了個三分頭，只有他留長髮。其餘士兵個個都是五短身材，所謂的「百姓」相貌。完全是個階級社會。

這時中尉從宿舍拿來兩架照相機。廠牌分別是美樂達(Minolta)與尼康(Nikon)。我是沒有什麼概念（我對於照相機幾乎是一無所知），但據松村君表示，是相當早期不錯的機型。可是在土耳其，擁有兩架這種等級的照相機，應該是相當有辦法的人吧。更何況還是在這種放眼望去盡是不毛之地的邊境守備隊裡。

「很棒啊。」聽到這句話，中尉喜孜孜地笑了。聽到人家這麼說，他似乎很高興。笑起來的他看起來又年輕了些許。由於頭髮較爲稀疏我才認爲他大概快三十了，說不定才二十出頭或是二十五左右也不一定。或許是大學畢業後，被徵兵而調派來此的也不一定。擁有大學學歷的人即使被徵兵也會自動授與軍官職。

「我，喜歡照相機。」中尉說。於是話題又轉變成他的照相機，還有松村君所帶的照相機。似乎是個十足的愛好者。從談話中得知，他生長於伊斯坦堡。很可能是個有錢人家的少爺吧。後來便被調來這種彷彿是世界盡頭的荒涼山區，每天和鄉巴佬阿兵哥大眼瞪小眼，應該是鬱悶得不得了吧。我很了解他的感受。的確，這個地方的周遭數十公里，除了牧羊人的村落之外什麼也沒有。再加上經常有游擊隊出沒，來到這兒想要鬆口氣都沒有辦法。想必他十分思念伊斯坦堡的霓虹燈。

這時有個皮膚黝黑的農村臉阿兵哥走過來，笑嘻嘻地用日語對我們說：「一．二．三．四。」問他有什麼事，才知道他在練空手道。「我練了四年的松濤流。」他說。由於松村君是個空手道上段的高手，便要求他：「那麼，你練個型給我看看」。於是黝黑男便練了套型給他看。「如何？」我問（我對於空手道也是一無所知），松村君說道：「太差了。」他表示：「練了四年還這樣，簡直是慘不忍睹。基礎根本就沒有打好。」由於看不下去，松村君便親自下場做型的示範。因爲是由貨眞價實的日本人來示範空手道的型，簡直就像是接受密西西比出身的黑人指導如何彈奏藍調吉他一樣。就像是接受亞倫．賴德(Alan Ladd)指導如何快速射擊一樣。他感動得全身發抖。這種駐守邊境的部隊，即使再等個十年，都不會再遇上有日本人來此了。「腰再沉一點。」或是「腳盡量關緊，以免要害被踢中。」等等，就在一面以適當的日語及英語要求他注意一面練習之下，半個多小時過去了。我正打算起身告辭時，中尉又勸道：「嘿，要不要再來一杯茶伊？」看來他還想再聊一會兒。練松濤流的阿兵哥好像也想多學學空手道。可是這樣下去的話會沒完沒了，於是決定走人。因爲我們還得在天黑前趕到凡城去，聽說時間沒算好的話就得住在這裡了。

臨行之際，大夥兒列隊熱情地揮手相送。我們也很親切地揮手道別。

如今，那名中尉想必仍然在荒野之中，百無聊賴地繼續執行國境勤務吧。而那個農村臉的阿兵哥，依然每天一面喊著「一．二．三．四」一面練習空手道吧。

＊

另外還有一張照片是在地中海伊士麥(Izmir)的軍港所攝。由於停靠著潛水艇，松村君試著拿起照相機一對過去，負責警備的阿兵哥便友善地朝我們揮手。拍了一張之後，還要我們再拍。雖然那是艘看起來性能並不怎麼樣的潛水艇。

麵包與茶伊

老實說，我實在是吃不慣土耳其料理。首先，因爲是以肉類料理爲主。而且幾乎都是羊肉。除了我平常就很少吃肉之外，遇到羊肉更是完全投降。還有，油膩膩的東西我也受不了。雖然蔬菜料理也很豐富，可是餐廳裡供應的土耳其料理一般來說總是過度調理，口味都太重。因此蔬菜本身的味道大多都被調理出來的口味蓋過，走進餐廳光是聞到氣味就足以令我胃口盡失。土耳其的餐廳與韓國料理店相同，一踏進去就有股獨特的味道衝鼻而來。喜好此道的人可能會覺得好得沒話說，受不了的人卻可能會大感吃不消吧。

當然，我並不是在誹謗土耳其料理的品質。不但土耳其人自誇土耳其料理爲世界第一美味，而且不論翻開哪一本旅遊指南，土耳其料理的千變萬化與品質之高，都用了相當篇幅來加以介紹。過去拿破崙三世與皇后一同造訪土耳其時，曾接受鄂圖曼·土耳其蘇丹的晚宴招待，皇后品嚐之後大爲感動，便命令隨行的宮廷主廚：「去向土耳其主廚請教這些菜單」，就是這麼出色的料理（這個故事應該有個結局才對，可是有個什麼樣的結局我已經忘得一乾二淨了）。但不管怎麼說，很抱歉，我就是無法接受。總之，我並不是在非議土耳其料理的質，純粹只是不對味而已。雖然曾數度進餐廳、自助餐館(Lokanta)及沙威瑪(Kebab)店嘗試，但就是不行。不只是我，松村君也不行。無論如何都無法習慣那種味道。世界上普遍評價並不怎麼樣的希臘料理，我倆吃起來卻甚覺美味，說起來這也眞是匪夷所思。

不過，我們最初是由伊斯坦堡沿著黑海海岸前進，靠著吃魚還可以應付過去。每天吃的都是鹽烤魚和番茄沙拉。魚的種類大致上與日本相同。從像是青花魚的到類似鰹魚的，種類非常多。可以進餐廳現點現烤，也可以去魚販那兒買來用瓦斯爐烤來吃。在黑海沿岸一個名爲特拉比松(Trabzon)的城市，我們光顧了一家烤魚專賣店，相當獨特而有意思。在這家在日本相當於大眾食堂的店裡，當地的歐吉桑們圍著塑膠桌面的桌子，默默地吃著魚。還有一股烤魚的香味撲鼻而來。點好菜之後便剖開魚幫你烤。在烤魚專賣店裡，其他什麼都沒有擺。由於看起來很不錯，進去一試果然相當美味。這是因爲沒有其他多餘的調味，味道純正清淡。將魚搭配番茄沙拉與麵包一起吃。我們點的是最貴、味道像是鰹魚的魚，渾圓飽滿的魚身全長約三十公分，碰地一個人各送上了一條，根本就吃不完。有大半留下來沒吃。加上飲料，兩個人差不多是日幣八百圓。這在土耳其算是相當高的價格。在歐洲各地都是如此，即使是在沿海的城鎮，魚料理的價格都要比肉料理來得高些。仔細一看，旁邊的庶民大叔們（這麼說當然是因爲客人全部都是男性。從業員也是男性。）吃的都是一百五十圓左右，像是竹筴魚的魚。那看來也相當美味。

總之就是這樣，在黑海沿岸旅行時還有魚可以吃。然而沿著黑海來到蘇聯（今爲喬治亞共和國）邊境，由此南下進入內陸之後，這一套就行不通了。完全只有羊。不論朝哪裡看去都是羊．羊．羊。走在路上經常會與羊錯身而過；往肉店裡一窺，掛著的是剝光的羊；進了餐廳，也只供應羊而已。城鎮裡瀰漫著羊臊味。甚至到了令人覺得是否是以羊隻替代紙幣來流通的程度。就是這麼個以羊爲中心的文化。

「眞受不了。怎麼辦呢？我實在受不了羊。吃了就覺得肚子不舒服。」松村君說。我雖然不會覺得肚子不舒服，但聞到那種味道，胃就整個縮起來了。完全引不起食慾。實在是件傷腦筋的事。接下來還得在土耳其旅行好幾個星期，這樣下去身體根本就吃不消。雖然車上還存放有相當份量的日本食物，不至於會完全餓肚子，但終究還是有限。只怪事前沒有料想到，身體竟然如此無法適應土耳其的料理。原本還樂觀地以爲，就算再怎麼不適應，多少都還可以接受吧。

既然如此，那就自己來烹調吧，可是事情也沒有這麼簡單。進去食品店一看，裡面也只有已經過調理，十足土耳其風味的食品罐頭而已。不但貨色非常有限，所謂的西歐式食品也很難找到。舉例來說，即使想買個非常普通的醃牛肉罐頭都沒有得買。這也是在預料之外的事。

結果，在土耳其的旅行中，我們的伙食就是靠著麵包、蔬菜與茶伊來勉強維持。在土耳其，我最喜歡的就是麵包。其次則是茶館（Çayhane，供應茶伊的咖啡廳）。總之，土耳其的麵包是無可挑剔的美味（不論哪一本旅遊指南對此都隻字未提。眞是不可思議）。土耳其的麵包可分爲兩種，一是大而蓬鬆的普通類型，另一則是扁平的白麵包，兩種的美味可說是無分軒輊，同樣可口。在我嘗過的各國麵包之中，就平均水準而言，土耳其的麵包應該算是第一美味吧。尤其是在鄉下，更是好吃得沒話說。

到了該吃午飯的時候，我們只要看到麵包店便會在門口停車，買來熱呼呼剛烤好的麵包（在灶前面稍候片刻等待出爐是最棒的），當場坐下將麵包撕開來吃。若是有奶油的話更是沒話說，沒有的話也不成問題。如果附近有蔬果店，就去買些新鮮的番茄與乳酪，配著一起吃。這便是無比的盛宴了。我們經常還會帶著麵包上茶館，點個茶伊，一面喝茶伊一面吃麵包。原本這種行爲應該是不被允許的，但我們是外國人，並不會被說話。而這茶伊也是便宜得要命。便宜到難以置信的程度。例如在哈卡里附近一個名爲巴休卡雷(Baskale)，彷彿是世界盡頭般荒涼而冷酷的城鎮（感覺就像是電影《原野奇俠》〔Shane〕裡出現的邊境城鎮般冷酷），我們買了熱呼呼的大麵包，然後走進隔壁的茶館，各喝了兩杯茶伊。雖然麵包與茶伊的單價我記不得了，但合計是二十八圓左右。記得夏目漱石的小說中有句對白：「這根本算不上是價格嘛」。而這正令我覺得「算不上價格」。即使是在物價低廉的殿堂土耳其，這也可說是壓倒性的廉價了。

來到土耳其旅行，就會變得一天要上好幾次茶館。不但要稍事休息很方便，而且來到土耳其後自然就漸漸變得想要喝茶伊了。身體會變得渴求茶伊。或許是氣候的緣故也不一定。不論到哪個國家，只要停留得稍久，嗜好就會有這種轉變的趨勢。在義大利旅行時變得喜歡去咖啡吧喝杯Espresso，去希臘旅行則變得喜歡喝希臘咖啡，但相較之下，茶伊對我們的吸引力更是遠遠超過這些。茶伊的魔力——之所以這麼說，是因爲我們很快就染上了只要一逮著機會，就會說：「那麼，去那邊喝個茶伊吧」這個土耳其的習慣。不論到了哪個城鎮，都要先去喝個茶伊。早上起來要喝個茶伊。散步的途中要喝個茶伊。換手駕駛的時候要喝個茶伊。飯後也要喝個茶伊。

茶伊的價格依地點而各有差異，但平均算來一杯差不多是十圓左右吧。一杯要喝上多久似乎都沒有關係。這裡與日本的喫茶店不同，是個相當無拘無束的地方。

茶館是個奇妙的地方。土耳其的茶館，幾乎都會在牆壁的最佳位置掛上成爲國父的民族英雄凱末爾(Mustafa Kemal Ataturk, 1881~1938)的肖像。可是人們在茶館裡所做的，並不是對國家有益的大事。他們在這裡從事的活動只有兩種而已。也就是聊天和賭博。我不知道這些人是靠什麼過活的，但好些上了年紀的傢伙從早就聚集在茶館裡，玩撲克牌，玩土耳其式麻將，拉拉雜雜地閒扯淡。當然只有男性而已。不論客人或從業人員，全部都是男性。若是有女人進來這裡的話，可能就會引發一些小問題吧。

由於我們是外國人，不論在什麼樣的鄉間上茶館，都不會有人擺臉色。在希臘光顧鄉間的咖啡廳時，經常會被聚集在那裡的當地歐吉桑們以非常冷漠的眼光打量（尤其是在希臘的觀光區，觀光客用的咖啡廳與當地人用的咖啡廳有明顯區分的傾向，若是進錯了店，氣氛就會變得很糟），但是在土耳其這種情況一次也沒有遇到。反而是到了鄉下，還碰到過老闆因爲稀客光臨而免費招待續杯。也曾讓鄰桌的客人請過客。因爲土耳其人大體上來說都是友善的人。只不過遇到後者的狀況，話匣子依例都會拉得很長，這番——好意我看還是敬謝不敏，盡量避免才是上策。

趁松村君外出拍照的空檔，我經常留在茶館裡觀察土耳其式麻將。這是種介於中國式麻將與橋牌之間的博奕。數字是以阿拉伯數字1、2、3、4來表示，最大到13爲止。牌的大小約與骨牌相當，分爲紅、藍、黃、綠四個顏色。將牌排放在兩層的木製牌架上置於手前。然後從堆放在場中的牌堆裡摸回一張，並將一張牌打出去。其他人也可以出聲要牌。和麻將一樣。可是打掉的牌逐漸堆高，實在搞不清楚已經打掉了什麼牌。雖然胡牌的詳細規則我也不太明瞭，但反正只要有一家將牌的組合湊齊，遊戲就分出勝負了。「嘿嘿嘿，不好意思啊」、「混蛋！又輸了。明明手氣正順的！」這種氣氛就和日本的麻將館一樣。其中也有氣得把牌一扔，牌品不好的傢伙。沒有記點棒，成績是由記錄員登記在得分表上。這又和橋牌相同。大概多少有賭點小錢吧。這種牌局會在茶伊的續杯中一直玩下去。怎麼看也不會膩。除了我之外，後面還有其他人也看得起勁。在這個世界上，人類所做的事情無論在哪裡都大同小異。

由於我看得入神，旁邊的歐吉桑便問道：「日本也有類似的遊戲嗎？」聽到我說：「有啊」，他似乎非常高興。我見他一直有意要我下場，趕忙付帳離開。再怎麼說，我可不是大老遠跑來土耳其打麻將的。

總之這就是茶館。

茶伊是裝在小玻璃杯裡送上來的。玻璃杯下面墊著盤子。還附有小湯匙。剛送上來的時候杯子燙得無法用手拿。稍微放涼一下再喝。剛開始我還覺得，用玻璃杯來裝熱紅茶實在是不太合理。然而看習慣了之後，卻覺得熱紅茶裝在玻璃杯裡色澤非常優美。杯底還沉著些許茶葉。我喜歡不加砂糖直接飲用。散發出一種分明的芬芳。

冰紅茶倒是都沒有看到過。在土耳其，即使是在熱到流汗的時候，這種熱呼呼的茶伊卻仍然不可思議地美味。根本就不會有想要喝冷飲的念頭。躲到陰涼處呼地吹一口氣，喝這溫熱的茶伊。

雖然茶伊原本不過就是普通的紅茶而已，但很不可思議的，茶伊就是茶伊，不是紅茶。我也搞不清楚是怎麼回事。茶伊有茶伊的味道，而紅茶有紅茶的味道。

土耳其

我第一次踏上土耳其的土地是七年前夏天的事。當時我前往的地方，是庫沙達西(Kusadasi，意譯爲鳥島)。一個臨愛琴海的土耳其港都。從那裡搭乘巴士，前往參觀著名的愛菲斯(Efes=Ephesus 艾菲索斯)遺跡。那是個酷熱的日子。巴士裡並沒有開空調，熱得我們汗流浹背。「我國目前因石油匱乏，禁止巴士開空調。希望各位能夠體諒並忍耐。」男導遊這麼對我們說明。那是個石油危機仍然餘波蕩漾的年代。儘管能夠理解，熱還是熱。熱到腦袋都昏昏沉沉的程度。參觀過古蹟後在海邊游了一會兒泳。然後就這麼直接回希臘去，並沒有在土耳其過夜。

但是從那個時候開始，我便對土耳其這個國家非常感興趣。原因何在我自己也不清楚。吸引我的，應該是那裡的空氣的性質吧。那裡的空氣，與其他地方都不一樣，令我感覺到含有某種特質。不論是肌膚的感覺、味道、顏色，一切的一切，都與我以往所呼吸的任何空氣不一樣。那是種不可思議的空氣。旅行這件事的本質就是吸進空氣吧，當時我這麼認爲。記憶恐怕會消失吧。風景明信片會褪色吧。可是空氣會留下。至少，有某種空氣會留下來。

之後有好長一段時間，我都還記得那空氣。還記得許多在那空氣中所發生的，日常以及非日常的（那正是硬幣的正反兩面）事物。在那之後我又走訪了許多國家，呼吸到各式各樣的空氣。然而土耳其空氣的那份不可思議，卻與其他地方的空氣性質都不相同。爲什麼土耳其的空氣會如此牽引著我的心，我並沒有辦法說明。因爲那並非能夠加以說明的事情。那大概像是某種預感般的東西。預感只有在其具體化之時才能加以說明。在人生的過程中，會出現好些像這樣的預感。並不會很多。但是會有幾個。

因此，理所當然的，我一直想要再訪此處。這回想要以充裕的時間來趟環繞土耳其之旅。只不過造訪土耳其的機會相當難找。並不是完全沒有機會前往。在這段期間我曾數度前往希臘。也在義大利住過。因此想要去土耳其並不是去不了。只要把腳稍微一跨就到了土耳其的那種地方也去了好幾次。但就我來說，既然要去就不能走馬看花，想要用充裕的時間，將土耳其這個國家的各個角落都走一遍看看。要這麼做，就非得進行相關的準備不可。首先必須有輛耐用的車，以及有耐力的夥伴。由於這應該會是趟艱苦的旅行，並沒有辦法攜妻子同行。而且爲了這次旅行，我還必須取得駕駛執照才行。學習初級的土耳其語。讀了各種與土耳其有關的書籍。

這次與我同行的是攝影家松村映三君。雖然預定的出發日期是在他婚禮的一個禮拜之後，但我一提出此事，他就很爽快地答應了。於是我們便以三個禮拜的時間，駕車依順時鐘方向環繞土耳其外環一周。其實原本還打算進入內陸去看看，但因行程不允許只得放棄。土耳其可是個面積廣大的國家。首先必須要有這樣的認知：要看遍所有的東西是不可能的事情。

在土耳其旅行的第一個感受，是這個國家的遼闊與多樣性。我們在提到「土耳其」或是「土耳其人」的時候，一般都將其當作單一的國家、單一民族來考量，但實際去走一趟，才赫然發覺其各地區差異之大。土耳其的地勢可以明顯地區分爲好幾種風貌。而各個地區的風光、氣候、人民的生活，甚至連人種，都有截然不同的改變。這畢竟只是我個人主觀的區分，或許並不是正確的分類，但在我們的眼中，土耳其就是這樣清楚地分爲五個部分。

以下就依序來介紹。

由歐洲驅車而入，首先來到歐洲部分的土耳其。色雷斯(Trakya)地方。這是第一個土耳其。

地形上與希臘北部相比幾乎沒有改變。風光則與東歐相近吧。在一望無際的凋謝向日葵田上空，有成群的燕子在飛舞。單調無趣之處雖然也如同東歐，但大體上是肥沃的土地。到處都是遼闊的田地。幾乎沒什麼值得一看的東西。除了單調、缺乏變化之外，道路還令人難以置信地筆直，對駕駛而言，避免打瞌睡可是一大考驗。

然後是伊斯坦堡。但還是將這裡視爲例外，不要納入土耳其諸風貌之中比較好吧。就如同許多大都市一樣，這裡也是個特殊的所在。隨著越來越接近伊斯坦堡，沿路的風景便逐漸由無趣變得醜惡。爲伊斯坦堡通勤的新中產階級而建的集合住宅與別墅式住宅鱗次櫛比，密集得令人毛骨悚然。在任何國家這都是令人生厭的景觀，但此處特別嚴重。不論哪一戶或哪一棟公寓，看起來都是新建，廉價，單薄，而且劃一。白牆壁，紅屋頂，全都是一個德行。每一區劃都豎立著不動產業者差勁的廣告看板。看板內容所描繪的，不外乎中產階層生活的模樣。好不容易車子進入了市區。這裡與郊外相反，髒亂、古老、猥雜，因自私自利而搞得亂七八糟。吵雜，空氣品質惡劣，過於觀光取向。遊手好閒的人很多，汽車再危險不過。雖然設有交通號誌，但根本就沒有發揮功能。汽車廢氣污染嚴重，走在街上只覺得心情越來越差。旅館的價格昂貴，在餐廳買單時總是會被敲竹槓。好像所有的人都在兜售地毯，來到有名的大市場(Grand

Bazar)（卡帕勒市集，Kapali Carsi，意爲有蓋市場）也沒有發現什麼値得一看的東西。然而夜景非常美麗。

接著，將伊斯坦堡拋在身後，渡過跨越博斯普魯斯(Bosporus)海峽的大橋進入亞洲部分的土耳其。在亞洲高速公路上，沿途有好一段看到的都是令人意興闌珊的工業地帶。如果想要更掃興的話，只要由這條氣派的高速公路繼續向安卡拉前進就對了。但是向左轉後，我們就來到了黑海。黑海沿岸——這是第二個土耳其。這是處美麗的地區。安靜，觀光客也少，風景又優美。只不過，若是與愛琴海岸地帶相比，道路與旅館的品質卻落後一大截。多雨水，是塊帶有濕潤氣息的土地。

而後依順時鐘方向經蘇聯（喬治亞、亞美尼亞）．伊朗．伊拉克邊境方面，是第三個土耳其。從蒼鬱的黑海岸進入山區，翻山越嶺之後，就進了入東部安納托力亞高原，乾燥的中亞細亞的土耳其了。各個民族爲爭奪霸權而蹂躪著此地。不論是東邊，抑或西邊。是一處隱藏著緊張的土地。風光與氣候都相當嚴苛。風沙滾滾，不論轉向何方都只看得到羊。至於道路與旅館的品質，就更甭提了。

接著南下由敘利亞邊境延伸到地中海的中部安納托力亞，這是第四個土耳其，阿拉伯色彩濃厚的土耳其。旅館與道路的狀況又稍微好轉。夏季嚴酷的熱氣使人煩躁，但女性的服裝卻變得鮮豔，令人眼睛爲之一亮。

最後是西側的地中海．愛琴海沿岸的土耳其，這是第五個土耳其。一旦來到這裡，風景便豁然開朗。讓人從內陸地帶塵土飛揚的空氣中獲得解放。人們的表情彷彿也變得開朗明亮起來。美麗的海岸一路延伸，更有多處高級度假勝地。有時髦的遊艇碼頭，紀念品商店櫛比鱗次。是土耳其政府努力開發成爲觀光地的地區。外國觀光客與中產．上流階層的土耳其人在此過著優雅的度假生活。理所當然的，物價十分高昂。

那麼，土耳其的這幾個地區中，哪裡最有意思呢？當然，最艱苦的要屬東部安納托力亞。在那裡的期間，我們每天從早到晚都是頭昏腦脹，體力透支，不斷咒罵，還直冒冷汗。經過的市鎮，經過的街道，到處都是髒亂而且寒磣，道路幾乎只能說是道路前身的玩意兒。人們的生活看起來就很淒慘，街道上則充斥著警察、軍人、牛隻與羊群。但是希望各位不要誤解。雖然我的描述看起來如此過分，但並非出自惡意而寫的。我仍然在此享受到了我自己的旅遊之樂。說享受或許言過其實——但至少不會感到無聊。若是從有沒有趣這種觀點來看的話，應該算是有趣。非常有趣。那裡有獨特的空氣，有互動的感觸。人民有其存在感，他們的眼睛生氣勃勃地散發著光芒。那是種在歐洲或是日本所看不到的，鮮明而帶著暴力的光芒。其中沒有煩人複雜的保留條款。沒有「不過」或「可是」，而是將其中所有的東西都赤裸裸呈現的眼睛。在那裡，大部分的事物都無法預測；在大多數的情況下，條理都被吸進了虛無之中。簡單來說就是亂七八糟。但是旅行的醍醐味就在其中。

這是毋庸置疑的。非常有意思。但若要問是否想要再次前往，我現在的答案是NO。如果有什麼明確目的的話則另當別論，但我覺得那裡去過一次就足夠了。

愛琴海岸，那是個美麗的地方，能讓人心情平靜下來。日照柔和，海水沁涼。可是如果只是要找個美麗的海岸做做海水浴的話——即使將物價較希臘諸島便宜許多這個優點列入考慮——並沒有得特地跑去土耳其的必要吧。或者說，找不到任何非土耳其不可的理由吧。在安納托力亞高原走過一回之後，我們便無法在這個地區感受到任何魅力。這裡是具有風景的美以及西歐的便利兩個條件。但也僅此而已。這裡已經沒有我曾經在庫沙達西街頭呼吸到的那種空氣了。

或許是我們在安納托力亞高原的體驗過於強烈也不一定。當我們看到蔚藍的地中海時，不由得安心地鬆了口氣。但與此同時，好像也失落了什麼。由映入眼簾的事物，由手所觸摸的事物，土耳其之所以是土耳其的這層意義，並無法鮮明而毫無保留地傳達給我們。而且在愛琴海，不論望向那裡，看到的都只有德國觀光客而已。

如果要再度前往土耳其旅行，而且只能夠前往一個地區的話，我應該會選擇走訪黑海沿岸吧。並不是那裡有什麼特別之處。也不是在那裡發現了什麼令人耳目一新的珍奇事物。與安納托力亞高原相比，在那裡甚至可以說是什麼事情也沒有發生。但總地來說，在這趟旅程中，我們在這個地區最能夠悠哉游哉地度過愜意的時光。那是處安詳恬靜的所在。而且是個什麼也沒有的所在。

接著來記述黑海吧。

黑海

KARA DENIZ——土耳其語字面上的意思是「黑色的海」。與愛琴海被稱爲「白色的海(EGE DENIZ)」呈對照，黑海徹徹底底是個「黑色的海」。（愛琴海的土耳其語是EGE DENIZ，地中海爲AK DENIZ，字面的意思才是白色的海。）

爲何被稱爲黑色的海，只要親自去看過就知道。就任何意義來說那都是黑色的海。那裡沒有艷生生灑下的地中海陽光。我們造訪的時間不過是九月中旬，卻業已滿是秋光。美麗澄澈且靜謐安詳的光線，用不著太陽眼鏡。

不只是陽光，海水也是平穩而安靜。波瀾不興，與其說是海，看起來更像是個湖。海岸邊沒有稱得上沙灘的沙灘，有的只是鋪滿黑色小石子的海岸線。海水靜靜地一波波湧向岸邊。遠處有漁船通過時，海面才會像突然想起來似地輕輕搖晃。水是透明的。這裡沒有愛琴海那種耀眼鮮豔的蔚藍。純粹只是透明而已。黑色小石的海灘參差地潛入那透明的底部，不知不覺消失在倒映水面的波光之中。

在我們的旅程中，這是風貌最爲安詳的土耳其。這裡沒有東部安納托力亞的那種強烈，沒有地中海．愛琴海沿岸那種西歐式的熱鬧，也沒有色雷斯那種單調。在這裡，秋日已悄然降臨，人們散布在田裡收割菸葉。他們——不，是以女性居多——她們一早搭卡車來到田裡，到了傍晚，皎潔的月亮浮上空中時，再搭卡車回村子裡去。我們對她們揮揮手，她們也朝我們揮手。她們全都穿著五顏六色的碎花紮管褲，頭上包著頭巾。

不論參考哪一本旅遊指南，黑海地區必定都被置於最後，相關的記述也最少。與其他地方相比，這一帶的歷史古蹟比較少，就算有也無甚可觀之處。夏季短，全年平均兩天就下一次雨，也無法朝度假海灘的方向去開發。山巒直逼海邊，大部分的地形都很險峻，道路的鋪設落後。展望極美，是條相當有氣勢的道路。因此之故，連絡交通也發達不起來。除了特拉比松(Trabzon)以外，找不到什麼有魅力的城鎮。因此特地造訪這個地區的觀光客，人數並不太多。但正因爲如此，人們也顯得悠然自得，人情味也濃。若以日本來說，感覺上應該是與山陰一帶相仿吧。

我們從伊斯坦堡東行，在快到薩潘加(Sapanca)湖之前的城市沙卡魯亞(Sakarya)下了高速公路，來到黑海沿岸一個名叫喀拉蘇(Karasu)的小鎮。這一帶沿路的城鎮個個小而整潔，好像是隨時可能被颶走似的鄉下城鎮。由於我有事情必須打電話回日本，每次遇到城鎮便會停車去PPT（電信局）看看能否打國際電話，但終究是一次也沒有打成。我一開口：「要打國際電話。」立刻就得到：「HAYIR（NO）。」這樣的回答。抵達這一帶後，即使來到相當大的城鎮，也沒有辦法打電話回日本。

接著繼續前往一個名爲阿馬斯拉(Amasra)的城鎮，這條沿著海岸的道路路況相當糟糕。黑海沿岸的路況很差噢，雖曾聽熟悉土耳其情事的人說過，心裡已有相當的覺悟，但糟糕的程度還是超乎預料之外。綿延的山道上道路鋪裝經常已經不見自然是不在話下，有時就連道路本身都消失無蹤。雖然地圖上明確繪有路線，但事實上有許多地方，定義上所謂的道路已不存在。除了令人詫異之外，這更造成嚴重的困擾。我們下車察看車轍，判定應該是道路無誤後繼續前進，穿過人家的後院與工廠的空地，又會碰地駛上馬路，「啊！太好了。」這才鬆了口氣。如此這般的狀況反覆發生，浪費了相當多的時間。僅僅一百二十公里路程就耗掉了兩個半小時。

由伊斯坦堡來到這樣的地區後，便會深深有種眞實感覺：啊，這裡是土耳其囉！這並非意味對外聯絡不便的地區才能代表土耳其。可是來到這裡之後，我全身的肌膚才終於確確實實感覺到第一次踏上土耳其時所感受到的那種獨特空氣。至於在伊斯坦堡，當然並不是沒有這種感覺。只不過那裡實在是人太多，車輛太多，廢氣污染嚴重，而且噪音擾人。我在伊斯坦堡停留三日，也逛了好些地方。然而，我卻連停下腳步感覺一下空氣的興致都沒有。

然而一踏上黑海地區，這裡就已是另一個天地了。首先是人們的相貌有了改變。眼睛靈活有神。當我們從村落或城鎮通過的時候，孩子們全都跑出來向我們揮手。這一帶的小孩子幾乎都剃了個三分頭，那光景簡直就如同戰爭剛結束後的日本一般。打量往來通行的車輛恐怕也是他們的娛樂之一吧。我們也會揮手致意。可是持續這樣下來漸漸就覺得累了，變成只是稍微舉一下手而已。實在是因爲沒完沒了。到了隔天就只是面露微笑而已，幾乎連手也不抬了。而且不只是小孩。大人們雖然不至於揮手，但也都無所事事地搬了桌椅坐在路邊，悠哉地看著過往的車輛。一旦停下車來問路，大家便蜂擁而來，競相告訴我們該往哪個方向前進。眞是個悠閒的地方。

這一帶多菸農與牛。在土耳其這實屬罕見，幾乎看不到綿羊與山羊。全都是牛。牛隻放牧在路邊，不住嚼食著青草。往來的車輛很少。牽引機、馱滿菸葉的驢子晃晃悠悠地走在路上。

由於馱負的菸葉實在太多，甚至連驢子的身影都整個給遮住了。從後面看去，彷彿堆積如山的菸葉是自己在路上走著似的。不只是驢子而已，連歐巴桑或是年輕的女孩，都擔著份量可觀的菸葉在路上走著。

抵達巴丁(Bartin)市區的時候，太陽已經完全下山了。由於不清楚前往阿馬斯拉的路該怎麼走，我們便在加油站向兩名一夥的年輕人問路，那就帶你們去吧，語畢他們便開著小卡車在前面帶路。然後說：「接下去一直走就到了，拜拜。」這才離開。說起土耳其人，無論如何都只能歸類於親切的人種。剛從歐洲來到土耳其時，應對進退確實會令人不知所措。這是因爲歐洲人與土耳其人對於「親切」的觀念，在定義上完全不同。若是在歐洲問路，人們當然也是會親切地告知。但是土耳其人的那份親切可就非同小可了。他們會徹徹底底領路直到最後的最後。若是詢問開車的人，他會開車帶路；若是向行人詢問，他會俐落地跳進你的車裡，領你到那兒去。而抵達目的地之後——雖然那往往非常遠——便說聲：「到了。」然後迅速步行離去。以日本人或是西歐人的感覺而言，這已經完全超出了所謂「親切」的範疇。老實說，這種程度的親切，有時甚至會令人不知所措。那確實是非常有幫助，但是在某些狀況下卻會與我們的行事作風起衝突。可是，我也覺得這種說法並不太恰當。畢竟這在土耳其的鄉間可是屬於常識範圍的親切。他們只是在做理所當然的事情而已。不求回報的。可是問個路對方就一言不發突然跳上你的車，初次遇到時還是令人大爲吃驚。

在阿馬斯拉，我們住在一家餐廳樓上的民宿。費用是每人三百五十日圓。這裡沒有旅館，甚至連加油站都沒有。短暫的觀光季節老早就已結束，這裡除了我們之外沒有其他人投宿，八人房只睡了兩個人。有如放大的狹長走廊般的房間裡排列著八張床，要睡哪一張任君挑選。我總覺得這房間有些奇怪。由窗戶可以看得到海，但已是帶著涼意的秋日海景。日落西山之後，空氣便急遽變冷。僅僅一個星期之前，我們還在愛琴海畔揮汗做日光浴、游泳的啊，我心想。應該有熱水的公用浴室卻只有冷水。但疲憊的我們已懶得去抱怨，將就著用冷水清洗身體。來到樓下的餐廳也沒有看到人影。我倆各取了一盤烤魚，喝了瓶白酒，還吃了沙拉。相當新鮮的魚。向少年服務生詢問有沒有著名的黑海沙丁魚，才知道產季在夏天便已結束。帳單是一千四百日圓。飯後上街去走走，但這小鎮眞的是什麼也沒有。最大的商店是瓦斯行，店門口堆積著大大小小的瓦斯鋼瓶。是個無從逛街購物的城鎮。

早上起床後，發現鎭上的歐吉桑們正在打量我們停在外面的三菱Pajero。這是你們的車嗎？他們問道。聽我們回答說：是啊，那能不能打開引擎蓋讓我們看看？他們又問。打開後，眾人便聚精會神地觀察引擎與電路系統，並且展開熱烈的討論。這些人一旦買了車，便會親自動手維修，盡可能將車子使用到最後（感覺就像驢子一樣利用到死爲止，死後可能還要把皮剝下來的程度），因此每個人對於機械都相當內行。

從阿馬斯拉到細諾普(Sinop)的道路，路況仍是相當惡劣。山勢直逼大海，海岸線幾乎都是斷崖絕壁。由喀拉蘇到細諾普這一帶，實在是個具有鄉土氣息的地區。小小的鄉鎮或漁村，彷彿被擠入山與山之中似的，從間隙裡探出頭來。黑海沿岸的西半部並沒有任何產業，這一帶的人口有三分之一都離鄉背井前往德國工作。我也曾造訪柏林的土耳其人街，那裡簡直就和在土耳其一模一樣。他們在德國的工廠做工，爲土耳其賺回了寶貴的外匯。因此，留在村子裡從事一般百姓工作的，幾乎都是老人、年輕的姑娘或是小孩。應該算是個貧窮的地區吧。但很不可思議的，卻不會令人感到陰鬱。空氣反倒是顯得非常悠然，甚至還有種富足的感覺。這是因爲舒適恬靜的黑海風光，感覺上與人們的生活狀況非常契合的緣故。

細諾普。

細諾普本身並非多麼有意思的城市。此地因爲是哲學家戴奧眞尼斯(Diogenes ho Sinope)的故鄉而著名，但傳說與事實不相符，戴奧眞尼斯並沒有生活在洗澡桶裡，也沒有遇上亞歷山大大帝。細諾普是土耳其最北方的城市。幾乎沒有值得一看的東西。只有荒廢的港口與城牆的殘垣。風中帶著些許涼意。在這裡的旅館裡也沒有看到其他的客人。半夜旅館突然停電了。下去大廳一看，只見櫃檯的男子像是施顧己老爺(電影《小氣財神》〔The Scrooge〕的原著，爲狄更斯的小說《聖誕歌聲》〔A Christmas Caroc〕)似的，藉著燭光在核算一日的營收。是個根本找不到窩心要素的城鎮。

巴夫拉(Bafra)。

在這裡休息一下吃個午飯。向銀行的歐吉桑警衛請教這附近哪裡有不錯的餐館(Lokanta)，他也不例外，說道：「我帶你們去。」就走人了。沒有辦法，只好在後面跟著。走了大概有十分鐘。「到了。」歐吉桑在某家店門前停下說道。我們說：「謝謝。」但他只說：「不客氣不客氣。」就又回去了。對於這份親切雖然我們只能感謝，但是萬一在這段時間有小偷溜進銀行怎麼辦，我心想。其實這家店只有沙威瑪與夾了羊肉的薄餅而已，受不了羊肉的我們不禁有些退縮。熱騰騰的薄餅剛出爐，但肉還帶點生，香辛料也加得過重。不過在當地人之間似乎是家頗受好評的店。由於大家都過來問：「好吃嗎?」、「很好吃吧?」我們只得裝出一副很可口的模樣，一口也不剩地全部吃進肚裡。想點個啤酒照樣還是沒有，只好喝根本不冰的可樂。

巴夫拉市旁邊有河川流經，往前直到大海形成了一道長岬。沿著河川走了一陣子，馬路就不見了。我們追蹤輪胎痕繼續前行，越過一彎清淺，竟然出現一片田園風光，令人有種匪夷所思的感覺。沿途是坑坑洞洞的泥巴路。四處可見農家，此外盡是平整如桌面的土地。土地看起來就十分肥沃，樹木青蔥綠草茂盛。羊群、牛隻，還有鴨子，悠哉地在路上漫步。也有像是積水池般的濕地。這段路程大約有二十五公里，沿途卻只遇到一名帶著狗的牧羊人而已。

路的盡頭，是片黑海罕有的美麗沙灘。沙灘後方是靜謐而遼闊的黑海。再過去就什麼都看不到了。若是一直往前去的話就到了蘇聯。此外還有一座漂亮的燈塔。風很強，沙灘邊的草沙沙搖晃著。燈塔旁堆積著黑色木頭，可能是爲過冬而準備的柴薪。還聽得到狗的聲音。可是放眼望去都看不到人影。距離愛琴海不過半天車程的距離，卻彷佛已經來到了另外一個世界。

桑孫(Samsun)。

人口二十五萬，因位居交通要衝而成爲黑海最大的城市。也擁有機場。然而卻是一個完全無趣可言的城市。只是大而吵雜而已。有幾家像樣旅館。我們在這裡住了一宿，但純粹只是過夜的城市。傍晚時抵達，一大早出發。

特拉比松。

這裡仍保留著拜占庭時代的風貌，是個相當有意思的城市。君士坦丁堡(Constantinople)淪陷，東羅馬帝國滅亡之後，唯有特比松德(Trebizond)王國所在的這個都市仍為基督徒所統治，苟延殘喘了一段時日。可是我對於這個城市的記憶，只有與歷史扯不上邊的事情。

夜裡有個醉醺醺的青年撞見了兩名警察，被痛毆了一頓。原因不明。

清晨五點，被清眞寺叫拜樓(minaret)上擴音器播放的祈禱聲吵醒。由於沒想到竟然會在大清早就用擴音機來祈禱，剛開始還忙著弄清楚那到底是什麼聲音。喇叭播放的音量與日本右翼的宣傳車不相上下。叫拜樓上安裝了四具喇叭，分別朝向四方。若是想好好睡個懶覺，千萬不要投宿在清眞寺附近的旅館。

吃過早餐後上街散步，有個擦鞋僮過來問腳穿白色網球鞋的我要不要擦鞋。雖然我十分好奇，不知道白球鞋到底該怎麼擦，但因生怕會有不良後果（很可能會有吧）而拒絕了。

土耳其這個國家的某些部分，不論是好是壞，的確都凌駕於我的想像力之上。

除此之外，特拉比松是個鞋店非常多的城市。

賀巴

在快要到特拉比松的海岸邊結識了一家伊朗人。兩對夫婦開著兩輛車出來旅行。還帶著幾個小孩，女孩子美麗又大方。兩輛車都已有相當的年份，車身也都凹凹凸凸。大牌上寫著德黑蘭(Teheran)。竟然是從德黑蘭遠道而來，眞是令人佩服。腦袋比較禿的男子指著車身上的凹痕解釋：這是在伊斯坦堡被撞的噢。你最好還是小心一點，土耳其人的駕駛習慣最差勁了。我在伊斯坦堡市區被別人的車撞到，便趕快去報警。結果車子正停在警察面前的時候，另外一邊又被撞了。你看，就是這裡，很慘吧。眞的要多注意一下比較好。第一次來土耳其嗎？　我是個生意人，一年中有大半時間待在土耳其。工作嘛。現在是在休假噢。就這樣帶大家來玩。愛琴海？　那裡可去不得。物價高，人又多得要命。黑海很棒噢。既便宜又安靜，可以眞正讓人放輕鬆。接下來要去哪裡？　凡湖？　那可以順便去伊朗嘛。是個好地方噢。戰爭？　不必擔心。結束了啦。已經恢復和平了。即使沒有護照也很容易就可以入境（這是胡扯），是個好地方噢。

然後大夥一起合拍紀念照。

翌日在特拉比松市區散步時，又與他們巧遇。

你們住在哪間旅館？ 住宿費多少錢？ 哦，那滿貴的噢。我們包了一間套房……里拉噢（的確只有我們的半價而已）。嗯，這和我們與經理私交不錯也有些關係啦（那也沒有辦法嘛）。

總之，祝你們有趟愉快的旅程（謝謝）。

從特拉比松到蘇聯邊境（現爲喬治亞），路況比之前好了很多。據我推測，這應該是基於迅速將軍隊部署至蘇聯邊境的考量吧。而事實上，我們一路走來也曾多次遇到吉普車與運兵車。沿路有許多處適合作海水浴的海岸。我們曾數度在這樣的地方停車下去游泳。若是有自來水，我們也會就地煮涼麵來吃。在黑海沿岸吃涼麵，實在是件相當有趣的事。我總覺得，涼麵是種奇妙的食物。不論在哪裡吃——我是指不論在日本之外的哪裡吃——都會有種來到遙遠地方的感覺。黑海邊幾乎沒有波浪，非常適合游泳。氣氛簡直就像是早上獨自包下整座游泳池來游泳一樣。水色很美，也很舒適。水溫比看起來要溫暖些。

特拉比松到賀巴(Hopa)之間的地帶，有人稱之為「土耳其的香格里拉」。從沿著海岸的公路一進入山中，立刻為潮濕的霧氣所包圍。山峰也為雲霧所籠罩，雨林生長茂密。有美麗的溪水流過，上面橫跨著石橋。在小村落中，家家戶戶的房子都是以木材與磚頭所建。

這一帶，曾經是因為傑森(Iason)率領阿哥(Argo)號勇士尋找金羊毛的故事而著名的科爾奇斯(Clochis)王國的領土。傑森在此邂逅了米迪亞(Medea)公主，經由她的協助而獲得金羊毛，平安返回希臘。然而正如同各位所知，在悲劇《米迪亞》中，傑森為求榮華富貴，後來背叛了米迪亞而另結新歡。拋棄了國家，但也被丈夫拋棄的米迪亞，最後死於非命魂斷異鄉。

這裡居住著可說是科爾奇斯王國後裔的拉茲族(Laz)人。拉茲族生得金髮碧眼，並仍保有獨特的風俗習慣。根據書裡的描述，拉茲族的人民是：「具獨立性強、活力充沛的特質，並擁有冷面笑匠式的幽默感，因此在土耳其人中也顯得格外突出。他們還與米迪亞一樣，具有離鄉背井外出開拓的天性，土耳其的不動產業者有大半為拉茲人。此外，他們也一手掌握了土耳其的製麵包業，在餐飲業的經營方面也很活躍。」

不動產業與麵包店這種搭配，也是獨樹一格而且相當愉快。如果有法事之類的事情，想必會出現全是麵包師傅與不動產業者齊聚一堂的景況吧。但根據我的判斷，能夠製作出如此美味的土耳其麵包，想必是非常優秀的人種。

我們並沒有費心在這拉茲人所居住的山中多加探索，但離開海岸進入山中沒多遠，即使稱不上「香格里拉」，也會不時發現宛如置身阿爾卑斯山脈的風景。這是由於多植物與小河，而房屋建築又完全不具土耳其風味的緣故。屋頂採用人字屋頂，並以原木搭建成山中小屋的形式。能夠如此充裕使用木料的住家，在土耳其實屬罕見。

由於這種多雨的氣候非常適宜種茶，這一帶也是非常著名的紅茶產地。土耳其的紅茶生產，並沒有足以誇耀的長久歷史。在土耳其，紅茶的生產始於十九世紀。但如今紅茶已經取代了咖啡，成爲土耳其的國民飲料。全球的咖啡價格高漲，是造成這種轉變的主要原因。總而言之，土耳其人從早到晚泡在茶館裡，一面聊天、賭博一面享用的茶伊，有大半是出自這個地區。市區裡有紅茶工廠，巨大的煙囪冒著滾滾的黑煙。我以前根本不知道，紅茶工廠居然會有煙囪。紅茶這種東西，到底是如何製作的呢？這是個謎。紅茶工廠的祕密。

在這一帶，女人的頭上都包著有如披肩般的頭巾。來到大街上的市場一看，應該是由農家來此販售蔬菜的女人席地而坐，個個都包著這種頭巾。頭巾可分爲素色的白棉紗與印花布兩大類，而圖案也從時髦的花樣到樸素的箭翎狀花紋都有。至於這是基於什麼因素來區分，抑或純粹只是依個人喜好來選擇，就不得而知了。包捲的方式也有好幾種。有的是只包住頭的簡單方式；有的是只露出眼睛，其餘部分如同木乃伊般整個裹住的重勞動方式。每個人的包捲方式都不盡相同。我想，這或許是因爲世界觀有自由派與保守派的不同而產生的差別吧。

這些農家女三五成群坐在一起，感覺上應該是附近的鄰居或是姑嫂什麼的吧。面前則陳列一簍簍的蔥、番茄、豆子、青椒、大蒜等。也有些小集團的女人包著同樣花色的頭巾。在這個地區，市場裡的賣方幾乎都是女性。因此氣氛也活潑開朗。順便一提，在凡城逛市場時發現，不但賣方全都是男士，買方也清一色都是男人。傍晚時分，在爲採買食材而忙的熱鬧市場裡，全都是一臉陰鬱的中年男子。對任何人來說，這都是副相當可怕的光景。

然而這裡就沒有那種情形。其中還有相當漂亮的年輕太太。在想像裡，這麼多女人聚集在一起，理應是七嘴八舌喋喋不休，但卻完全不是那麼回事。她們全都安靜地席地而坐，一臉認眞的默默販售蔬菜。也不會像是高山（日本岐阜縣北部的盆地城市）的早市那樣叫賣：「太太，今天的蘿蔔很不錯噢。買一些吧」。女性在他人面前大聲說話、張口哈哈大笑，或是裸露肌膚——也就是日本女性習以爲常的行爲——在土耳其都是非常可恥的事情。松村君打算要拍攝一名女性時，就遭遇了相當程度的抗拒。最後連她的丈夫都不知從哪裡冒出來勸說：「沒關係啦，妳就讓人家拍張照片嘛。」（土耳其人眞的是很親切），但她就是不肯點頭。或許是個世界觀相當堅定的女性吧。

賀巴。

賀巴是位於黑海岸最東邊的城市。往前三十公里左右便到了蘇聯邊境。再過去就沒有旅館了。這裡有五、六間旅館，但是每一家好像都差不多。大同小異。半斤八兩。與其說是旅館，不如說是簡易招待所還比較接近。我們投宿的是其中比較像樣的一家，即使如此，一個人的收費大約也只有三百圓。單人房，還附有折疊整齊、硬得像是木板似的破毛毯。房間約一坪半大，電燈泡從天花板上垂下來。躺在床上看著電燈泡，忽然就會有種人生脆弱而又有限的感嘆。賀巴就是這麼一個會令人覺得苦悶的城市。

窗外看得到建在海邊的簡陋遊樂場。在晚霞背景的襯托下，摩天輪就像是被查封物品般淒涼地挺立在那裡。也有旋轉的火箭乘坐玩具。靶場、飲食攤位。廉價遊樂場該有的東西，這裡都一應俱全。而且全都塗上了誇張的顏色。後方則是雲霧朦朧的遼闊黑海。在夏日的黃昏，這裡應該也是播放著歡樂的音樂，多少比較熱鬧的吧。但是如今，在黑海早秋的晚霞中，那看起來彷彿只是爲了讓觀看者心情沉重爲目的而建造的巨大創作。

角落有個帳篷，住在裡面的應該是看守遊樂園的一家人。帳篷裡面青光搖晃閃爍，似乎是電視機。還傳來煮飯的味道。帳篷四周養著雞，神經質地來回走動著。偏偏在這種地方就會生出這種雞，這到底是安著什麼心呢，我忽然想到。沒辦法，就是會這麼想。

這家旅館的櫃檯人員是個滿臉愁容的年輕男子。大廳位於二樓（一樓開了家茶館），兩名中年男子坐在塑膠皮沙發上，正在看漢城奧運的電視轉播。是拳擊比賽。傍晚，坐在這個大廳的陽台看著外面的風景時，櫃檯的青年爲我們送來了茶伊。大廳一隅有瓦斯爐，於是又借用煮了涼麵。青年好奇地看著，松村君便挑了一根給他，吃下去後卻立刻一臉五味雜陳的表情。這也難怪。若是沒有配上沾露，即使是日本人也不會覺得涼麵好吃。

旅館裡好像沒有員工住的房間，這名青年入夜後便回自己的家去，早上再回來上班。這原本也沒什麼，但是他回去時會從外面將大門反鎖起來。堅固的門，牢靠的鎖。因此我們這些住客，從晚上十點到早上八點，都沒有辦法踏出旅館一步。我在清晨六點起床想要出去散一下步，卻無法如願，不得不躺回床上看歐康娜(Flannery O'Connor)的短篇小說打發時間。可是萬一發生火警的話怎麼辦呢？

早上，在房間煮咖啡來喝，還吃了麵包。由於接下來沒有什麼該看的東西，也沒有什麼該做的事，便帶著釣竿往防波堤的盡頭走去。在這安詳的星期日上午，當地的人們都坐在防波堤上悠哉地垂釣。看到釣線才知道，雖然沒有浪，潮水卻出乎意料的強勁。雖然我一開始就誇下海口，釣到大魚就要拿來做天麩羅，卻完全沒有斬獲。我們從日本帶來了附有高級捲線器的甩竿，但是使用這種行頭的只有我們而已，其他人都是空手直接拋投，連釣竿都沒有。不過每個人的收穫都很豐富。漁獲盡是些充其量只能拿來油炸的小魚，但偶爾也會有像是鶴鱵的魚上鉤。海水清澄，甚至可以看到魚群在腳下游來游去。不時可以看到鶴鱵的魚肚白在陽光下閃動。

由於根本釣不到，一旁的歐吉桑看不下去，便過來教我們正確的釣法。看我們用麵包與乳酪捏成魚餌，他說那不行的啦，並將自己的餌分給我們（來來回回好幾次，眞是親切）。他所使用的餌是魚身。用小刀將魚肉連皮一同切成小塊，掛在魚鉤上。由於皮很硬，不容易被咬斷吃光。此外還將魚尾切絲，撒進海中集魚。我們向歐吉桑道謝，然後又釣了一個小時。可是我的餌只有周圍被非常巧妙地吃掉，魚還是連一條也沒有上鉤。雖然大家都寄予同情，無奈釣不到也沒有辦法。

相較之下，觀看在防波堤上釣魚的歐吉桑們與在附近游泳的少年們吵架還有意思得多。歐吉桑罵道：你們這些小孩子，別來這裡妨礙我們釣魚。但孩子們卻充耳不聞繼續游泳。在這裡的小城，也只有釣魚與游泳之類的事好做。難怪年輕人個個都想要外出討生活。然後成爲麵包師與不動產業者。

結果我們釣了兩個小時，連一條魚也沒有釣到。不過在星期天早晨悠閒地眺望黑海曬曬太陽，實在非常舒服。賀巴是最後的了，接著會有好一段時日看不到大海。在幾個星期之後，再見到的海會是地中海。

凡貓

來到土耳其要做些什麼，想做些什麼，我根本就沒有這一類的期望。或許這麼說有些冷漠，但我只是想要來土耳其駕車環繞一周，看看風土與人情而已。如果勉強要說的話，我想見識見識凡貓，想在凡湖游泳。這便是我小小的心願。然而這並不是無論如何非辦到不可的事。可以的話，如此而已。我的期望差不多一直都是這種程度的事情。

所謂凡貓，是指一種生長於凡湖邊的特殊貓種。這種貓乍看之下不過是普通的白貓，但事實上卻非常喜歡游泳。遇到水就會下去游泳。是相當奇怪的小傢伙。除此之外左右眼的顏色還不同。雖然這種貓只有凡湖附近才有，但即使在當地也難得一見。這是我以前不知道從哪裡聽來的。如果可以的話，我想見識一下這種貓。

凡湖海拔一千七百二十公尺，是世界上高水平面的湖泊之一。由於沒有河川外流，鹽分相當高，據某本書中所述，濃度高達百分之三十。根本沒有魚類可以在裡面生活。湖水有種非常奇妙的味道。可以的話我想在這裡游泳。最理想的狀況是和凡貓一同在凡湖裡游泳，但我不敢有這種奢望。即使分別達成也沒關係。（就結果而言，在凡湖游泳的心願達成了。這是個氣氛十分奇妙的湖泊。散發出像是以前在化學實驗室聞到的那種藥品味。我想很可能是鈉的味道。水質也滑膩膩的。但由於鹽度高的緣故，游起泳來非常輕鬆。游個三十分鐘也完全不會累。湖水呈獨特的土耳其玉藍[turquoise blue]，非常美）

凡湖位於土耳其最內部又內部，相當靠近邊境。位於標高超過五千公尺的亞拉拉特山(Mt. Arart)南方，是個接近伊朗邊界的大湖。從安卡拉搭乘飛機過來轉眼就到了，但開車輾轉繞來這裡，卻是大費周章。我們在黑海盡頭的城市賀巴住了一宿後沿著蘇聯邊界南下，在卡斯(Kars)過夜，然後拚了命通過羊群、軍隊的檢查哨，以及像猴子般難纏的小孩的攻擊，終於抵達了凡湖。這是段——一點也不誇張——夠受的旅途。還曾數度迷路。由於道路標示不清，非常容易迷路。一旦迷路，後果就很嚴重。因爲道路眞的如字面所示是消失不見了。消失不見之後，接下來除了穿越岩石遍佈的荒野之外別無他法。我們的大型四輪傳動車還勉強可以克服，若是普通的車輛可能立刻就會動彈不得吧。

看到凡湖的湖面時已經傍晚了。雖然我們已經筋疲力竭，但凡湖的晚霞卻是美得無可挑剔。不論是天空、水面或是山際，一切的一切都被染成了黃橙色；天空與稜線的交界處，簡直就如同火焰般燃燒得通紅。湖面寂靜悄然，隨漣漪細泛起有如微粉末的波光無聲無息地全面蕩漾著。這就是凡湖。在費了整整兩天突破荒涼而塵土飛揚的東部安納托力亞高原之後，看到湖面著實鬆了口氣。

凡城在這一帶算是個相當大的城市。據說，凡城是個充斥著伊朗偷渡客與私梟的城市。翻山越嶺逃亡過來的偷渡客（在兩伊戰爭時期幾乎都是逃避兵役的人）會先在這個城市喘口氣，然後再向當局自首，辦理正式的流亡手續。私梟們則是由東方將鴉片與海洛因運來此地，然後再交給下一手的搬運者。從各方面來看，這個城市都是這種路線的中繼站。爲了取締這批人，土耳其東南部的軍隊與治安當局，都將總部設在這裡。風景雖美，卻是個非常危險的地方。在所謂的邊境城市，每個人看起來都十分可疑，這裡也夠瞧的。即使是長相，看起來也都是形形色色。

生意很好、外觀看來相當不錯的旅館並不難找。我們衝向一家滿是德國團、乍看還頗爲高級的旅館詢問：「有空房嗎？」對方說：「客滿了，只剩下套房。」價格大約六千五百日圓。請人帶我們去看看，套房裡有兩間相當寬敞的房間，還附有浴室。以套房來說，六千五百元還算便宜，再說之前住的都是一晚六百元糟糕的地方，於是決定暫時住在這裡休息養生。然而這卻是家相當土匪的旅館（名爲Akdamar Hotel），當我們將行李從車上卸下後，櫃檯人員卻表示：「如果是兩個人要住，必須再補加床費一千六百元。」開什麼玩笑，剛才看的時候明明兩間房都各擺著一張床不是嗎？ 喔，那是忘了收起來的……雙方便這樣開始起了爭執。但當我氣得說：「不必，我們去找別的旅館！」後，對方隨即表示：「我知道了。爲了表示善意，那就算本店招待吧。」什麼好意啊，我心裡嘀咕著，但總之還是先進房間安頓下來，洗個澡，咕嘟咕嘟灌個啤酒再說。這簡直就是天堂。

接著，和松村君一同步下旅館大廳，打算出去散散步，看到大廳的柱子上貼著凡貓的海報。

「不知道要去什麼地方才能找到凡貓喔。」松村君問。

「嗯，該怎麼辦呢，我想應該不會在路上就遇到。」我說。彷彿聽得懂這段日語會話似的，剛才那個櫃檯男子大剌剌地走上前來。

「不好意思，兩位剛才一直看著這張凡貓的海報。請問是對這種貓有興趣嗎？」

有啊，我們說。

「既然如此，我的堂哥正好養了這種凡貓，他就住在附近。可以的話，就讓我來帶路吧。」

十分可疑的說詞。我也不認爲他是如此親切的人。爲了這種事特地過來服務並非單純出自好意。想必其中另有文章。不過，我認爲這大概用錢就能夠解決吧。若是花點錢就能夠看到凡貓、拍些照片的話，那也無妨。

男子表示：可以的話，三十分鐘後在這裡碰頭，再帶你們找去那個堂哥。

半個小時後來到大廳，男子已在那裡等著。問他遠不遠，「不遠，就在附近，No Problem啦。」他說。確實就在附近。直走，過了兩條街後右轉，就到了那個堂哥的家。堂哥的家是間地毯店。眞相大白，原來打的是推銷地毯的算盤。不過知道是這麼回事之後反而輕鬆。與其被強迫推銷海洛因和鴉片，買個地毯至少不會觸法。「到了。」他說。「凡貓就在這裡。」

可是凡貓不在。那堂哥年約三十歲，感覺上是個聰明的（這是指在凡城而言）男子，操一口漂亮的英語。舉止從容文靜，沒有一點咄咄逼人之處。在土耳其我曾多次與地毯店老闆打交道，這還是首次遇到文靜的人。這個堂哥與櫃檯男子找不著貓，顯得有些著急。「剛才明明還在的。」堂哥說。「傷腦筋，會不會跑出去了？」櫃檯男子說。兩人在椅子下、房間裡面到處搜尋。「不好意思。貓就是貓，一下子就不知跑到哪兒去了。不過很快就又會跑回來。因爲還是小貓，不會跑到多遠的地方去。」堂哥解釋著。「請喝個茶稍候片刻。」

「這是在演戲吧？」松村君深表懷疑。

可是大門邊的確擺著貓食盆，我並不認爲男子在說謊。若是作假到連這種細節都會注意，簡直就已經是電影《刺激》(Sting)裡的世界了。況且我也不認爲土耳其地毯店老闆的手段會達到如此境界。再說貓食的內容包括了煮羊肉、洋芋飯（這種東西貓咪非常喜歡吃），以及粉紅色的牛奶。我實在不明白爲什麼牛奶會是粉紅色的，便問地毯店老闆。「這玩意兒就是這種顏色。」他說。

四個大男人愣愣地等貓回來，怎麼都覺得很蠢。因此我們很自然地就看起店裡的地毯來。這家店的地毯相當出色。不但摸起來質感相當紮實，與伊斯坦堡的地毯店相比花色也較佳。價格也便宜。反正我原本就打算在土耳其買塊地毯，便請他幫我介紹，與貓的事無關。就在這當兒貓回來了。是隻才兩、三個月大的小貓。雖然是隻純白、美麗的貓，但抱起來後的第一印象，老實說，只是「什麼啊，不過是隻普通的貓嘛」而已。左右兩眼的顏色確實是不一樣。毛茸茸的，很可愛。但也並不能就此認定是凡貓。

「牠的名字叫納帝兒。」地毯店的堂哥說。

「眞的會游泳嗎？」我試著問。

「會游泳啊，那還用說。」他非常肯定地回答。只不過我又不能夠要求他眞的將這隻小貓放進水裡游給我看。既然他說「會游泳」，就只有相信他的話了。

總之，松村君還是爲這隻貓拍照。相當會撒嬌的貓，拍攝過程中一直在地毯上嬉戲。我最後買了地毯。尺寸並不太大的絲與羊毛混織地毯，作工相當紮實。一面喝著茶伊一面輕鬆地討價還價了大概十五分鐘，最後以大約九萬日圓的價格成交。老闆將地毯包起來，我用美國運通卡付帳。然後和地毯店老闆握手道別。

這個故事的教訓——或許並沒有到這麼嚴重的程度——若是要爲打算前往凡城的朋友下個結論什麼的話，那就是凡城裡旅館的櫃檯人員，個個都必定和某家地毯店有勾結。後來遇到的櫃檯人員，每個都會給我一張地毯店的名片。這是本地信譽最可靠的地毯店，去看看嘛，不錯噢，他們會非常熱心地勸說。即使是同一家旅館，各個部門所推薦的地毯店也不相同。不管怎麼看，他們都對旅館的工作不太熱中，反倒是在仲介地毯店時殷勤得驚人。彷彿旅館的工作只是副業似的。好歹也是家一級旅館，廁所的水卻整晚滴滴答答漏個不停，房間裡沒有電話，根本沒有熱水可用，從業人員的態度又惡劣，眞是個糟糕的地方。

此外，第二天我們在市區閒晃時才發現，有非常多地毯店都養著凡貓。在凡城地毯店的櫥窗或是店裡，經常可以看到凡貓在打盹。其中甚至還有些被關在櫥窗裡。這都是爲了招攬顧客。只要有對貓感興趣的觀光客駐足，老闆就會出來招呼客人進去裡面。然後會送上茶水，聊聊貓的事，並將地毯攤開來展示。簡直就是招財貓。這個城市的人一看到觀光客，腦袋裡好像就只想到要推銷地毯似的。

但不管怎麼說，沒能親眼看到凡貓游泳的模樣，實在是遺憾。

向哈卡里前進

以前我曾看過一部名爲《我在哈卡里的日子》的土耳其電影（原著小説《最後的授課》，中文版由小知堂文化出版）。那是個描述一位在都市長大的土耳其教師，前往名爲哈卡里的土耳其內地——說起來可能更接近祕境——任教的故事。他是個理想主義的知識分子，記得那是個庫德人的村落，在那深山的村落裡教育小孩子，同時也想要與那裡的人們打成一片。雖然大家逐漸接納了他，最後卻因爲發生了某個事件而黯然離去。我記得故事梗概是這樣。由於我的記憶裡經常會發生將電影的情節完全搞混的狀況（有時甚至會將兩三部片子混爲一談），雖然並不敢肯定，但大致上應該是如此。記得那是一部理想主義在土地的現實面前節節敗退，具有十九世紀俄羅斯式灰色主題的電影。但撇開情節不談，風景與風俗的描寫卻是優美而且細膩。細節之處仍然記得很清楚。

根據電影，哈卡里的降雪量大，一到冬季，山中的村落便與外界完全隔絕。積雪要到五月才會融化。換言之，一年中有一半以上的時間得關在這個村子裡度過。人民貧窮，而且沉默寡言。爲教師送上茶伊，見他放入沙糖攪拌後飲用，人們都臉色大變。因爲他們都是先啃一口方糖，然後再喝茶伊的。因爲村裡有這種風俗習慣。

自從看過電影之後我就想，既然要去土耳其，就實際去這個地方走一趟看看，但是哈卡里這個地方不但長期積雪，也是眾所皆知土耳其治安最惡劣的地方。因爲這裡被庫德人獨立主義分子當成了活動的據點。我認爲最可靠的旅遊指南中這麼寫著：「最好能夠避免行經哈卡里市。這個城市的人口，有一半是提心弔膽地關在骯髒道路兩旁的破爛房子裡，另外一半則是處心積慮要做掉政府官員。此地的政府官員，盡是些在其他地方因爲操守發生了些許問題而被流放到這裡的傢伙。」

我認爲這種說法多少有些誇大其詞，但是到了哈卡里才知道，眞的是一點也不誇張。當然還不至於發生當眾殺人的情況，但籠罩著整個城市的氣氛完全就如同前面的描述。在哈卡里市區停下一踏出車外，就覺得空氣中帶著緊張與不安。

時機也很糟糕。因爲我們抵達的時候，正好是庫德人問題最嚴重的時期。可是我們已經好幾個星期沒有看報紙（離開伊斯坦堡後就到處都買不到《前鋒論壇報》[Herald Tribune]什麼的了），並不知道情勢已然惡化到了這個地步。由於放心不下，還是試著向凡城的地毯店老闆與觀光客服務中心的人員打聽：「哈卡里的治安狀況如何？」但兩個人都說：「哈卡里？完全No Problem啦。安全得很。沒有任何恐怖事件。」向我們打包票。繼續追問：「可是，我們怎麼聽說好像有不少問題。」他們就表示：「這個嘛，以前是有一點啦。」不太高興地承認了。「不過現在已經沒事了。治安已經恢復了。伊拉克屠殺庫德人，他們就逃到土耳其來。但是土耳其部隊會親切地保護庫德人。和平得很。」大體上，土耳其人不願與外國人談到自己國家內部的紛擾。一切都以「不必擔心。No Problem的啦。」這種公式見解來敷衍。或許這是因為他們是愛國的國民也不一定。或許他們極端厭惡負面資訊被外國以《午夜快車》式的方式傳播也不一定（這深深傷了他們的心）。或許這是種盡量不要多嘴，政治方面的含蓄也不一定。或許是有不讓民眾得知壞消息的政策也不一定。實際的情況如何我並不清楚。但不管怎麼說，有關負面的情事，他們一般來說都不輕易開口。

例如說凡城（是指舊凡城而非今日的凡城）曾經是亞美尼亞人的城市。其分離主義分子於第一次世界大戰時，為了脫離土耳其獨立而聯合俄軍占領城鎮，殺害土耳其人。可是俄羅斯卻爆發了革命，革命政府單方面議和而撤軍，反攻的土耳其人爲了報復而大量屠殺亞美尼亞人（全境有一百萬到一百五十萬人遇害），剩下的亞美尼亞人則全數被強制遷離這個地區，整個城市遭破壞而成爲廢墟。在這個已成爲廢墟的城市裡，如今只住著鸛鳥一家而已。可是，在這廢墟爲我們解說，以前曾隸屬於陸軍特種部隊的管理員兼導遊卻只是說：「第一次世界大戰時，這裡遭到俄羅斯部隊的炮擊而成廢墟」而已。這簡直是——或許實際上是挨過俄軍的砲火——睜著眼說瞎話。總之，他們就是會這樣盡量避免觸及土耳其的黑暗面。

　這姑且不提，但由於我們在凡城從兩個人的口中聽到：「哈卡里的情況完全ＯＫ。」這樣的說法——況且他們是非常有自信地強調沒有問題——便視爲現地資訊而相信了。可是，我這並非在誹謗土耳其人，但整體來說，土耳其人所謂的沒有問題經常是大有問題。他們絕非有意說謊。只不過他們的見解形態，採用的往往是這種期望式的見解。換言之，就是由"I hope that it is so."不知不覺轉變成"It has to be so."，最後終於變成了"It sure is so."。眞的是這個樣子。問路時，若是他們說：「啊，很近噢，就在前面一百公尺。」其實那是在前方六百公尺處。他們認爲讓對方覺得近些比較好，便不覺說得近了。是出自善意的。這純粹只是情感上的親切而已。由我們在土耳其問路這麼多次，從來沒有人會說得比較遠，便足以證明。至於有關哈卡里治安的這個質問，他們認爲既然已經來到土耳其了，還是讓你覺得沒有問題比較好，所以便這麼說。可是當時卻輕易就相信了。

庫德人問題錯綜複雜，而且是個根深柢固的問題。庫德族自西元七世紀便已存在，是個擁有固有文化與語言的民族，卻也是個從未曾擁有自己的國家的悲劇性民族。即使在第一次世界大戰後的民族自決中也依然被排除在外，目前仍居住在土耳其．伊拉克．伊朗等三個國家的交界地區（敘利亞與蘇聯也有少數）。庫德人是個自視甚高的種族，不願與阿拉伯人或土耳其人同化，在各國均因引發激烈的獨立分離運動而受到鎭壓。庫德人的實際人口不明，總數大概一千萬到兩千萬，據說其中有八百萬的庫德人居住在土耳其，但由於政府採取了高壓的同化政策，他們的文化活動，包括音樂與出版，都被明令禁止。例如電影《路》（Yol）的導演，已故的 **Yulmaz Guney**，就是庫德人，因此受到政府徹底的打壓，數度被捕入獄。因在獄中執導《路》而名噪一時。

話說這一帶的情勢日趨複雜，但伊朗卻支持伊拉克境內庫德人的分離獨立運動，並支援武器。爲什麼？爲的是在兩伊戰爭中擾亂伊拉克的後方。然而兩伊戰爭卻突然停戰，對伊朗而言，庫德族問題也就成了毫無其他價值的累贅，從而切斷了援助。對庫德族游擊隊而言，此舉無異是爬上二樓之後被人抽走了梯子一樣。從前線的戰鬥中脫身的伊拉克軍，便將戰鬥部隊的主力投入鎮壓庫德族。對伊拉克政府來說，這也是個解決一直頭疼不已的庫德族問題的大好時機。這種下場與前述土耳其的亞美尼亞人的命運酷似。被大國間的利益交換耍得團團轉的少數民族的悲哀。只不過對伊拉克部隊而言，除了地點在深山之外，庫德族人見苗頭不對就會立刻逃往國界的那一邊，想要鎮壓也並非易事。於是他們便將村莊完全包圍並使用毒氣彈，採取連婦孺都全體屠殺的作戰方式。到底有多少人遇害並不清楚。或說兩萬或說三萬。由於並未深入調查，實際數目不明。

庫德人因此便翻山越嶺穿越國界，大部分逃往土耳其。由於有這一層原委，伊朗最初曾經由土耳其接收庫德族難民。但難民的總數據稱達十萬之多，伊朗也難以全部接受。因爲不論是伊朗或土耳其，若將庫德族過度攬在身上，都會成爲自己國內民族問題的導火線。尤其是土耳其，庫德人問題原本就已經嚴重到一觸即發的狀況了。只不過若是因此就依照伊拉克政府的要求強制遣返庫德族難民，又會受到國際輿論的圍剿。特別是美國政府，對於土耳其的難民收容問題一直深表關切。只不過土耳其政府卻有其顧慮，不願與伊拉克挑起爭端。原因就在於土耳其的石油供給乃是全面仰仗伊拉克。如果伊拉克切斷了石油供給，土耳其的經濟便會崩盤。因此，即使伊拉克部隊越過邊境追擊庫德人，土耳其也不敢隨便公然指責伊拉克的軍事行動。

因此，土耳其政府便禁止庫德族難民與外國記者接觸。因爲不希望毒氣使用問題被公開，從而刺激伊拉克政府。各國的利害與企圖萬般複雜糾纏不清。但不管怎麼說，土耳其軍方在這個時期正將陸軍部隊大量調往伊拉克邊境，採取了近乎戒嚴令的態勢。其目的首在防止有更多的庫德人流入，其次是要控制在土耳其庫德人的蠢動，第三則是遏止外國人與庫德族難民接觸。

總之就在這騷動的暴風眼，我們——在毫不知情的情況下——來到這裡。如今回想起來，「完全No Problem啦，」這種說法還是令人愕然……

*

我們離開凡城，向哈卡里前進。雖然才九月，早晨的空氣卻已帶著寒意。與其說是冷，不如說銳利還比較接近的寒意。光線刺眼，雖然戴著太陽眼鏡駕駛，眼睛仍感刺痛。筆直的道路持續了好一陣子。周遭什麼也沒有。唯有無盡延伸的平原而已。青草茂盛，處處可見羊群。還可以看到融化的雪水匯聚而成的溪流及濕地。路上有好幾頭被撞死的狗。有的連內臟都被輾出來了。有的被輾得扁扁的，好像披薩餅一樣。全都是牧羊犬。見有車輛接近便認作是敵人而衝出來，因此而被撞死。雖然覺得牠們很可憐，但的確也很恐怖。在這條路上，我們便曾數度遭到大型犬攻擊。不知道該說是愚蠢抑或勇敢（兩者皆有吧），牠們會毫不畏懼地衝到以時速一百公里前進的車輛前面擋住去路，但也會威脅到我們的生命。如果對向沒有來車，我們都會盡量閃開，一旦對向有來車或是後方有車，即使於心不忍也只能直接輾過去。若是放慢車速，牠們便會跟著跑，奮力用身體碰碰碰地衝撞車門。這種情況簡直就如同史蒂芬・金(Stephen King)在《狂犬驚魂》(Cujo)裡所描述的世界。

狗的體型都很大，又兇猛。那種野性甚至可說是半野狗也不爲過。騎機車或是自行車旅行的人若是遭遇這種攻擊，讓人擔心可能兩三下就支持不住了。雖然我常常想下車慢跑，但是在土耳其，由於害怕這種狗的攻擊，終究一次也沒有實行。其實在幾年之前，土耳其政府曾一度計畫要實施全國性的捕殺野狗活動，卻因西歐動物保護團體的抗議而作罷。事實上，遭狗咬死的人數也很多。

道路終於轉進山區。草原消失了，轉換成風沙滾滾的風景。越過標高兩千七百公尺的山脊後，風勢急遽轉強。此地已然颳起了冬天的風。據說，在伊拉克・土耳其國界附近的山區，有許多翻山越嶺想要穿過國境的庫德族婦孺，在八月即慘遭凍死。就是這麼冷。越過山頭後，就已進入哈卡里地區。路況急劇惡化。雖然好歹仍是柏油路，路面卻是四處塌陷洞開。塌陷處當然也設有警告牌，但卻太小而不易辨識。有許多地方甚至有一半以上的路面都完全陷落的情況。連橋樑都已塌陷。道路修補之處也僅是草率地鋪上柏油而已，車後的備胎箱上隨即沾滿黏答答的焦油。但行經修補道路的工作現場一看，就覺得這根本不行。這條沿著河谷修築的道路並未費心修建路基，只是將道路大致整平後便直接鋪上柏油。所以只要下場小雨路肩就會崩塌，路面也變得坑坑洞洞，經常會有車輛陷入其中而翻覆路邊。簡直就是蠻荒的大西部。

這條路沿線的城鎮，又都是一看就令人覺得洩氣的城鎮。我曾經進茶館喝過一次茶伊。裡面有三個相貌兇惡的男子，其中一人（我雖然從不曾親眼見過私梟，但在想像中應該就是這種德行吧）操土耳其語向我詢問手上戴的星辰牌潛水錶價格多少。我說了之後，他們便對此談論了大約十分鐘。然後又問我們駕駛的三菱Pajero多少錢。告訴他們後，又就此嘰嘰咕咕談論了十分鐘左右。對於物品的價格，他們擁有極度強烈的好奇心。現場的氣氛令我覺得等一下是不是就會被宰了，身上值錢的東西都被他們剝光。向茶館老闆詢問廁所在哪裡，他卻說沒有那玩意兒。大概是要去外面解決吧。哎，就是這麼個連去小便都會成爲風景的城鎮。

哈卡里 2

在距離哈卡里近在咫尺的地方，遇到了不可思議的一行人。一名年輕，恐怕只有十五歲左右的女孩騎在馬上，身上穿著一件純白而飄逸，像是婚紗的洋裝。洋裝上點綴著鮮豔的藍色星星。嘴邊籠著薄面紗。給人異常文靜感覺的，美麗的女孩子。一個十歲左右的男孩，神情規矩地牽著韁繩。走在前面的是個年紀像父親，拄著杖的男子。頭上裹著阿富汗式的頭巾。男子板著黝黑的臉，緊蹙著眉望著馬路的前方。眞是幅不可思議的景象。那到底是怎麼回事，他們當時正要往何處去做些什麼，我並不清楚。只是女孩那一身豔麗的衣裳，與土耳其內地風沙滾滾的荒野完全不搭調。四周盡是紅褐色的岩山、滿布礫石的溪澗，以及彷彿被穿透的碧空而已。或許那個女孩是個正要出嫁的新娘子也不一定。

當時正由我負責駕駛。已經有將近十分鐘沒有看到其他車輛了。除了岩石山之外也沒有什麼可看的東西。若非路面上有些坑洞的話，還眞是條乏味的道路。一轉過彎去就看到了他們的身影，過了下個彎道就又看不到了。那幅景象突然闖入我的視線，轉眼之間就到了後方。事實上，我原先還不太相信自己的眼睛。心想：那幅景象眞的在那裡嗎？

可是松村君也看到了那幅景象。所以那的確是現實世界中的事。如果有那個意思的話，我們大可以停下車繞回去，確定一下那到底是怎麼回事。但我們並沒有那麼做。雖然說不清楚，但我們突然間覺得：若是那麼做，或許會傷害那幅風景的內涵。只是本能上這麼認為。因此我們就這樣繼續朝哈卡里前進，對那幅景象也沒有再多加談論。可是，那到底是怎麼回事呢？……直到今天，那幅景象仍然會鮮明地浮現在我的腦海。而我的心裡會這麼想著：那個女孩正要往何處去呢？

＊

進入哈卡里之前，要經過兩、三重的警察路檢。仔細地檢查護照與駕照。記錄編號。打開後門檢查行李。撥電話到某處去。然後再次打量我們。之後，我們才駛上蜿蜒的坡道前往位於高地上的城市，好不容易在近午時分抵達了哈卡里。一看上去就是個要不得的城市。至少說不上是個溫馨的城市。在城市的入口處，首先就有個彷彿是以監視爲目的的大型陸軍基地。大門裡排列著軍用車、裝甲車，一副若有風吹草動就能夠立即出動的態勢。有手持衝鋒槍的士兵在負責警戒。

通過這裡之後終於進入了哈卡里市區。一踏入市區首先注意到的便是骯髒。道路沒有鋪裝，滿是塵土。再來就是只有男人。開車在城裡繞了一下，到處都只看得到男人。他們應該大多是庫德人吧，頭上裹著阿富汗式的頭巾。肚子上纏著腹帶。有許多傢伙三五成群聚在路上靠攏著頭在說話，或許都是私梟也不一定。不論怎麼看，形跡都非常可疑。嘰嘰咕咕說了一會兒後，大家就拿出卡西歐的計算機啪噠啪噠敲著數字鍵。一人將那數字給對方看，對方又啪噠啪噠打了一串數字回敬。如此一直持續著，其間或舉手或搖頭。見有警察或士兵過來，便立刻將計算機藏起來。

警察與軍人又是多得要命。不論望向何處都可看到制服。街上充斥著攜帶自動步槍、來福槍、手槍等長短槍枝的警察與軍人。各式各樣的槍枝，形形色色的制服。而且他們巡邏時都是兩人或是三人一組，絕對不會一個人單獨行動。

眼神陰沉的庫德人、伊朗人與伊拉克人聚集著坐在路邊。來到這一帶後，就看不到金髮碧眼歐洲相貌的土耳其人了。幾乎可說是一幅中東的光景。他們一言不發，靜靜地打量著來往行人。身體動也不動。只有眼珠在轉動而已。

停好車下來後，便有人略帶畏縮地靠過來，說道：從哪裡來的啊，來做什麼，要去哪裡，喜歡土耳其嗎，請你們去喝個茶伊吧。或許是觀光客模樣的人來到此地純屬罕見吧。可是我們怎麼也不願在這個城市久留。只想盡快辦好事情，盡早出發。不論街上的氣氛或是人們的眼神，都帶著危險的氣息。我們向一直糾纏著要請喝茶的男子表示：「還有點事情要辦。」甩開了他。他或許是好意，但是一牽扯上了又會聊個沒完。松村君獨自上街去拍照。我則決定趁這個時間找家咖啡廳，進去寫日記。

咖啡廳裡的電視正在播放漢城奧運的轉播。是摔角比賽。有好些本地人坐在座位上緊盯著那黑白螢幕。只是目不轉睛地看著而已。沒有人發表心得感想，表情也都沒有變化。我盡可能避開注意，找了個被柱子擋住的座位，想點個茶伊。店裡說沒有茶伊。那就來個果汁吧，我說。然後又點了起司派。一會兒之後，送來了茶伊與起司派。簡直是莫名其妙。

正當我喝著茶伊、吃著起司派、寫著日記時，有個年輕男子在對面坐了下來。我決定盡可能不要抬頭。一旦四目相交就完蛋了。若是目光交會，對方必定會開口搭訕。不必等對方開口我就知道會說些什麼了。「打哪兒來的啊？」日本。「來做些什麼呢？」觀光。「打算停留多久呢？」三個禮拜。「去過哪些地方啦？」伊斯坦堡、黑海沿岸、多格巴、凡城。「接下來要去哪裡？」迪雅巴克(Diyarbakir)、烏爾法(Urfa=Sanliurfa)、地中海、伊斯坦堡。「喜歡土耳其嗎？」喜歡。「職業是？」記者。「這是工作嗎？」是的。「我的手錶，SEIKO。」那很好。「要照相嗎？」現在不要。「要不要再來杯茶伊？」已經夠了。「貴庚？」二十九（這是胡謅的）。「結婚了嗎？」老婆去年死了（這也是胡謅）。「好可憐哪。」謝謝……諸如此類。這種問話持續個沒完。起初我也認爲這是種友善的表現而親切應答，後來卻越來越覺得厭煩。因爲實在是沒完沒了。他們雖然喜歡搭訕，但只要問些較深入的事情立刻就變得支吾起來。「咦，那眞是了不起。有意思。」這樣的資訊根本打聽不到。在其他國家的街頭與當地人交談，都會打聽到令人深感興趣的事情，但是在土耳其卻幾乎碰不到這樣的狀況。只會聽到些無關緊要的事情而已。實在是不可思議。照本宣科說些例行公事，然後要求：「一起照個相吧。」最後又表示：「照片洗好後請寄來這裡。」並把地址交給你。就這樣一再重複發生。

我頭也不抬繼續寫日記，後來對方終於忍耐不住，「Excuse Me.」開始搭訕。

「會說英語嗎?」

「NO。」我盡可能冷淡地說。

男子就這麼思索著該如何是好有五分鐘之久,終究還是放棄離開了。我鬆了口氣繼續寫日記。但是還不到十分鐘,又有另一名男子過來,坐在對面的座位上。「Excuse Me.」他又說。眞是拿他們沒辦法。連靜下來好好寫個日記都不行。

放棄寫日記,離開咖啡廳上街去走走。走著走著,我發現這是個格外奇妙的城市。許許多多的人出門上街(城市的入口處寫著本市人口爲兩萬人),但每個人都沒有什麼特別的目的。他們或坐在路邊,或站著說話,或喝著茶,或只是在路上閒晃。可是幾乎沒有人有確實的把握要做什麼。這裡與日本的城市截然不同。在日本的城市裡,大抵上每個人都在做些什麼。或掃除,或購物,或搬運貨物,或趕著去某處,或帶狗散步,或是約會等等。然而這個城市並非如此。在這個城市裡,很難找到具有明確目的的行爲。相反的,卻可以看到不少無目的的行爲。

我在市中心的一個廣場坐下來,有意無意眺望著街景時,一個黝黑的中年男子來到我面前三公尺處站定,直盯著我的臉。他動也不動,只是緊盯著人的臉看。被別人這樣看也令我相當不悅,便不服輸地瞪回去。可是對方卻絕對不肯將眼光移開。這並非執意要較勁或是要挑釁的那種緊盯著不放，而只是普通而自然的目不轉睛而已。不論視線如何正面衝撞，對方都全然不在意。我雖然也直視著對方的眼睛，最後終究還是失去了耐性，逃離現場。我認爲不論對峙幾個小時，都贏不了那雙眼睛。那不像是在看人，而像是要在地上瞪出一個深坑來的眼神。其中不含有任何情感。

在這個城市，我受到各式各樣的人行這種注目禮。我一走動，就有人彷彿是突然凍結般當場站定，好像要開個洞似地緊盯著人看。若是錯身而過時稍微一瞥，或許並不會特別介意，但是像這樣被人另行以目不轉睛的方式盯著看，便覺得心情越來越低落。

走了好一會兒後，終於遇見了個帶著孩子的女人。因爲穿著裙子，我認爲應該是女性。有如黑色包巾般的面紗從頭頂整個罩下來，完全弄不清楚實際情況如何。若不仔細看，連正面和背面都分不出來。她是我在這個城市唯一遇到的女性。原本以爲她會拒絕讓我拍照，但一舉起相機對著她，卻很高興地擺好姿勢讓我拍。眞是個莫名其妙的城市。逗留了才將近一個小時，卻已令人覺得筋疲力竭。

「這裡怪可怕的，我看還是盡早離開比較好。」松村君說。我也有同感。最後我們向一個警官問路：從這裡沿著邊界到烏魯迪列(Uludere)的路在地圖上顯得非常細，不知道通行有沒有問題？

他看看我們的Pajero，嗯，有這個就沒問題了，他說。「普通的車子或許會有點麻煩，有這個就安了啦。No Problem。」然後和善地莞爾一笑。

眞的嗎？眞的是No problem嗎？我們雖然擔心，但反正也沒有其他的路，除了試著從這裡開往烏魯迪列之外別無他法。

但是事實上，這卻是條充滿了最高級問題的道路。道路本身就是翻山越嶺險峻異常，但問題還不僅止於此。後來經過查證才知道，這條路沿線是庫德族山岳武裝游擊隊最爲活躍的危險地區。那名警官對此自是了然於胸。但就是不告訴我們。因爲他表面上裝作游擊隊根本就不存在。游擊隊的人數大約千名，頻頻攻擊軍事據點。聽說絕對不可以在杳無人跡的地方健行或露營（啊，即使如此，我們還是曾在毫不知情的情況下在這裡露營）。

我們的車輛僅有一次遭武裝的庫德人攔下。他們的武器有手槍與舊式的來福槍。每個人頭上都裹著頭巾，被太陽曬得黝黑，臉上刻著深深的皺紋。完全沒有任何表情。唯有兩隻眼睛炯炯有神。由於氣氛顯得非常緊張，我便從口袋裡拿出萬寶路，遞給他們每人一根。五名男子接過萬寶路叼在嘴上，我又用打火機爲他們點火。沒有人開口說話。僵硬的沉默持續了好長一段時間。來福槍管在強烈的陽光下閃閃發光。依然是誰也沒有開口。

片刻之後，一名男子來到我的身旁，忽地探過頭來，並突然用手指撥開眼皮露出眼白給我看。然後用土耳其語向我說明什麼事情。他就在我面前約三十公分處現出眼白，持續了大概三十秒之久。仔細一看，發現他的眼睛血紅腫脹。他說了些什麼我並不明白，唯一聽懂的只有「你是從日內瓦來的嗎？」而已。聽我說：「不是。」對方就很遺憾地搖搖頭。然後表示我們可以離開了。

雖然當時我們並不知道，但是他們大概是從伊拉克越過邊境逃過來的庫德人吧。而且希望能讓我看看被芥子毒氣弄傷的眼睛吧。除此之外就想不出任何要特地撥開眼睛讓我看的理由了。他大概以爲我們是從日內瓦來的視察團吧。他們很可能是遭到伊拉克部隊的毒氣攻擊而失去了家人的人吧。於是希望向全世界揭發伊拉克部隊的惡行吧。總之就在那個時期，正如前面所述，土耳其政府完全禁止庫德人與外國記者接觸。我對於他們是深感同情，雖說因爲不太了解實際狀況而沒能夠爲他們做些什麼，但我個人還是覺得很抱歉。

不過話又說回來，只要想像一下當時的情境就會明白，在山路上被一群庫德人攔下車並包圍住，又突然在你面前現出白眼球，這可是件相當恐怖的事。我一點也不願意遇到這種事。

萬寶路

這個世界上充斥著旅遊指南，其中塞滿了各式各樣的資訊。裡面的確也收錄著有用的資訊，但是沒有用的資訊也相當可觀。其中最多的，是那種看似有用實際卻沒有用的半吊子資訊。還有就是偏頗的資訊。引用自別處的二手資訊。除此之外，若是順便提到些什麼的話，這只是針對日本的旅遊指南而言，文章都很乏味。至於外國旅遊指南的製作——就整體來說——文章幽默，純粹當成讀物也非常有趣。

在閱讀旅遊指南時，要分辨其中的資訊何者有用、何者無用並不容易。尤其是初次造訪的國家（但想想看，一般來說不正是前往初次造訪的國家才需要看旅遊指南的嘛），這種篩選就更形困難。此外，由於旅行的種類、目的、期間、個人特質與體力等因素的差異，資訊是否有用也會有所不同。任何人都用得著的旅遊資訊，或許並不存在吧。我去希臘旅行時，背包裡隨時都塞著一個壽司外賣所附的小醬油瓶帶著到處走，這在小吃店吃魚時可是相當貴重的佐料，可是對於認爲這根本就是多此一舉，既然來到這個國家就直接享用當地食物的旅行者來說，也就成了無用的資訊吧。

不過，對於考慮前往土耳其作長期旅行的朋友來說，以下可是件絕對有用的資訊——不論你吸不吸菸，都請帶一條萬寶路去。到時候這會非常管用。這是我在前往土耳其之前在某本旅遊指南上看到的，於是半信半疑地在免稅商店買了一條帶著，但的確是件貴重的寶物。在土耳其，敬菸是表示友善的第一步，特別在鄉間，萬寶路更是普受好評。人家幫了些小忙，給錢或許有些失禮，何況要給多少也沒個準，這種時候如果以一包萬寶路回報，大致都可以解決。人家讓你拍照片，也可以用萬寶路來答謝。遇到軍事崗哨攔檢可能會東問西問時，只要問聲：「SIGARA?」並面帶微笑遞出一根萬寶路，差不多都很快就會放行。簡直就是有魔法的香菸。

「難道非萬寶路不可，雲斯頓(Winstone)就不行嗎？」若是你這麼問，我也無法回答。可是我總覺得，似乎不是萬寶路就不行。因爲，萬寶路恐怕已成了一種象徵，**恐怕是的**。

Come to Marlboro country.

話說這種萬寶路現象，越到內地越爲明顯。在東部安納托力亞旅行時，竟然從小孩到行將就木的老人、從牧羊人到阿兵哥，見到外人就伸出兩根手指放在嘴邊比著吸菸的模樣，問道：「SIGARA?」如果每個人都給的話會沒完沒了，當然不能給。但若是問路、讓你拍照等等幫上忙的情況就可以給。我實在是不明白，他們爲什麼對香菸如此熱中。畢竟香菸又沒有短缺。聽說以前曾經缺貨，但如今到處都在賣香菸。只要去街角的書報香菸攤，立刻就可以買到。很可能是住在鄉下的人們窮得沒有錢買香菸吧。我覺得既然如此戒菸不就得了，但是戒菸這種觀念在土耳其似乎根本就不存在（三個禮拜的旅程中，只在伊士麥附近看到過一次畫著骷髏在抽菸，已經褪色的反菸活動海報），總之男性個個都抽菸。遞給他一根，就先夾在耳朵上，然後再拿一根銜在嘴裡等著點菸。有沒有火？他會問。於是用打火機幫他點燃。若是將打火機交給他的話，隨即便據爲己有。這一點也不誇張。在公家機關和餐廳，我便三番兩次得去討回被借走的原子筆，眞是不堪其擾。

在東部安納托力亞的鄉間，我們曾有一次被不計其數的羊群堵在路上。在我們前面還有輛德國人駕駛的賓士露營車，他們當然也是進退維谷。總而言之就是整片有如大海般的羊群。看到數量如此龐大的羊群，還眞是空前絕後的經驗。放眼望去就只有羊·羊·羊。有多名騎著驢子的牧羊人，帶著大型牧羊犬在引導羊群。我們和德國人都拍了羊的照片。結果就來了個牧羊人，表示拍照要付錢。德國人無可奈何，只得付了點錢。我把剩下五、六根的萬寶路整包給了他。這個牧羊人一看就是個貪心而又厚臉皮的傢伙，吵著說還要，即使我表示已經沒有了也不肯罷休。最後甚至還要求我們買一頭羊。眞是豈有此理。除了逃走外別無他法。

這一帶的牧羊人大都是些驃悍的傢伙。目光銳利，閃閃發光。果然具有遊牧民族後裔的那種氣質。脾氣也很火爆。一旦給這種傢伙一根香菸，他就會多要幾根。小孩子們也很強悍。有次我們經過一個偏僻的牧羊村落時就嚐到了苦頭。我們的車一駛入村中，一大群孩子就不知從何處蜂擁而出，攔在車子前面。一放慢車速，他們就拚了命緊緊攀在車上。而且還叫嚷著：「香菸、香菸。」還有不少叫著：「襯衫、襯衫。」還碰碰敲著車窗。可是一停車就完蛋了。除了強行突破之外別無他法。不過，在突破重圍時萬一輾到了小孩後果就更嚴重了。這下子很可能會被旁邊的大人打死。在這有如世界盡頭的地方遇害，可能會被偷偷掩埋，連屍體都找不著吧。開什麼玩笑，我可不想死在這種地方。即使是運氣好被帶去警察那裡，還是得被關進惡名昭彰的土耳其監獄。一旦在土耳其造成了人身事故，不論有什麼樣的理由下場都很慘，千萬要注意啊，一名相關人士才剛給過我們這樣的忠告。這個人告訴我們，他的一個日本友人在土耳其造成了人身事故被關進牢裡，好歹才經由關說逃往國外。我可不願淪落到這步田地。

我們極力避免造成傷害小心甩開孩子們（最後還甩掉一個緊抓著後門的小子）好容易脫身後，這回他們又撿起石頭扔我們的車。眞夠瞧的。

這個惡夢般的村子叫什麼名字我已經忘了。是個地圖上都找不到的地方。我們是因爲迷路（其實是個牧羊少年故意指錯路造成的）才會來到這個村子。爲什麼他們會如此拚命地想要弄到香菸，我實在是不明白。但總而言之，若是要前往土耳其，聽我的忠告，記得要帶萬寶路。

國道24號公路的惡夢

國道24號公路，是條由靠近伊朗邊界的城市吉茲瑞(Cizre)，沿著敘利亞邊境一直向西延伸的產業道路。到達地中海，再通往北方。開闢這條道路的目的，是爲了將伊拉克輸入的石油運往北部。還有個別名叫做「DIKKAT公路」。這是因爲在此通行的車輛幾乎都是大型油罐車，車後寫著大大的「DIKKAT!（注意!）」的緣故。而且一旁還畫著駭人的骷髏標誌。

我們狼狽不堪地從東部安納托力亞那風沙滾滾的山路上脫身後，終於開上了一條有鋪裝的公路，就是這條「DIKKAT公路」。正是所謂一波未平……的狀況。土耳其內地的旅行就是讓人輕鬆不得。

就道路本身來說，24號公路還算是中規中矩的道路。鋪裝確實，平整沒有坑洞，幾乎筆直，也沒有庫德族武裝游擊隊。只不過這條24號公路最大的問題在於，雙向都只有單線車道。若想要超車，非得跨越對向車道不可。但就如同前面所述，這條路上充斥著油罐車。宛如沉重的腫瘤般的油罐車，一輛接一輛堵在前方。必須一次超車五、六輛才能夠開到前面去。若不超車，就只能以四十公里的時速慢吞吞地前進，非超車不可。可是對向車道也是被油罐車所盤據。這個節骨眼名副其實就是在夾縫中求生存，只能從中穿過去。更糟糕的是，經常還會有油罐車要超油罐車的車。因爲油罐車之中也有比較快的與比較慢的之分。雖然說是快，但畢竟還是油罐車，快也快不到哪兒去。超車頗費時間也是理所當然的事。像這樣兩輛並駕齊驅搖搖晃晃地從前方逼近，我們已是無處可逃。若是撞上的話，對方或許還好，我們一定會被完全壓扁。如果仔細留意，就會發現閃避不及、來不及打方向盤的油罐車或是小客車，就像是電影《萬夫莫敵》(Spartacus)中戰鬥後的場面般骨碌碌地在路邊打轉。看來並不常發生重大事故（或許有也不一定）。

經由內陸從伊拉克輸送石油，的確是比較安全也比較近，這可以理解。但與其這樣，爲什麼不用輸油管呢，我實在是想不通。若將發生事故的情況考慮進去，後者不但比較安全，又可以節省油錢，不是嗎?靠數量如此龐大的油罐車隊往返運送，不但污染空氣而且又危險。但是若以戰略的觀點來考量，如果是輸油管的話，一旦遭受攻擊受損就完蛋了。因此儘管不經濟又危險，以一輛輛油罐車來運送的方式，也算是合理的國家政策吧。但既然如此，單向至少要開闢兩線車道吧，我這麼以爲。因爲這眞的是條令人難以想像的可怕公路。說是惡夢也所差無幾。一點也不誇張，只要在這條「DIKKAT公路」開上一個小時車，就會令你身心俱疲。

不知道該怎麼說，但大體上土耳其開車的駕駛習慣都不太好。即使將風俗、習慣的差異列入考量來作善意的解釋，但至少就我們的感覺來說，要將他們的駕駛習慣列入「好」的範圍，還是覺得相當排斥。首先就是粗野。不論多麼勉強，還是一個勁兒地要插到前面去。義大利、希臘與土耳其，是三個駕駛習慣並列粗野的代表國家，但在令人瞠目結舌這一點上，我認爲三個國家之中，金牌還是要頒給土耳其。

這條24號公路的駕駛也都很粗野。他們會以可怕的方式超車，若是你不踩煞車就會撞上去。一路上喇叭狂鳴，連續閃著大燈。更糟糕的是，油罐車的司機們都因爲工作過量而疲憊不堪。在這條綿延的無情公路上，他們有如蜻蜓點水般不斷來來往往。一天二十四個小時，這條公路上的交通都不曾稍歇。況且車輛也說不上處於最佳狀況。在較長上坡路段，四處可見陣亡的油罐車，如同恐龍般曝屍荒野。說是「土耳其最危險的公路」也不爲過。至少，若是沒有充分的理由，我並不想再次踏上這條國道24號公路。

此外，與伊拉克邊界附近的多軍事攔檢相比，這條24號公路有許多警察攔檢。經常會看到卡車被警察攔下，停在路邊接受裝載貨物的檢查。這是爲了取締走私物品。而這也成爲交通惡化的幫兇。原本我們便與這種盤檢無關，因此警察看到我們，就會揮揮手說：「可以走了。」

在最接近敘利亞邊境的地方圍著重重的鐵絲網，軍事瞭望台羅列，空中飄浮著肅殺之氣。沿路豎立著不搭調的氣派照明燈，但並非爲了照亮道路，而是爲了防止私梟與恐怖分子偷渡。

國道24號公路上並不存在任何令人覺得溫馨的要素。

國道24號公路的城市。

首先是吉茲瑞。從此處起終於進入敘利亞邊境了。在伊拉克邊境聳立著險峻的群山，進入敘利亞邊境之後，便突然轉變成開闊的平野。風景爲之一變，人民的服裝與相貌也產生了變化。中亞的風景逐漸染上了阿拉伯色彩。阿拉法特(Yasser Araft)風格的包頭巾越來越常見，男人們都穿著褲襠鬆垮垮下垂的褲子。拄著杖的人越來越多。彷彿沙漠就在眼前似的，居然還看得到駱駝。阿拉伯文字也變多了。女性的服裝忽然變得鮮豔起來，就是那種阿拉伯風格寬大飄逸的衣服。人們肌膚的顏色變得令人心情一沉，目光給人的感覺似乎又更銳利了一層。此外軍隊的攔檢也顯著減少。雖然說不上已然和平，但至少有種從「戒嚴地區」脫身的感覺。

話說吉茲瑞這個城鎮，實在也是個糟糕的城鎮。我們抵達這個城鎮的時間是晚上七點。去旅館訂好房間，我由於口渴正打算外出去買啤酒時，「過了七點以後就買不到啤酒了。到處都沒有在賣。」旅館的櫃檯員卻這麼告訴我。「那有沒有哪裡可以喝到啤酒呢？」我問道，「沒有。」他說。「為什麼呢？」我又問，卻沒有人回答了。有種「不想跟七點以後還要喝啤酒的傢伙說話」的氣氛。七點以後喝個啤酒為什麼不可以!?雖然我想要這麼怒吼，但這裡畢竟是他人的國家。要忍耐。「那裡有水，就喝那個吧。」他說著指指大廳（其實只是個我不太願意這麼稱呼的空間）的飲水機。在土耳其逗留的這三個禮拜期間，這是第一次也是最後一次看到飲水機。為什麼在這個有如家畜小屋的旅店裡會有飲水機這種東西，我至今仍然想不通。但的確就是有。由於一來我的喉嚨非常渴，二來這個飲水機看起來非常有吸引力，便用一旁的玻璃杯咕嘟咕嘟喝了兩杯冰水。於是，經過了相當的一段時間後，我開始了嚴重如悲劇般的腹瀉。雖然我是個腸胃強壯不容易喝水就肚子疼的人，卻仍然無法戰勝這裡的水。那水毫不留情地打擊我，勒緊我，搖撼我。這種腹瀉——詳細的說明姑且省略——眞是猛烈。之所以會有這種下場，都是因為吉茲瑞這裡的人在七點以後就不賣啤酒的緣故。如果弄到啤酒的話，我才不會喝飲水機的水那種玩意兒呢。眞是的。

爲表愼重起見，我來介紹一下這家旅館的名字，叫做「吉納西旅館」。住宿費是一人三百五十圓，而且是單人房的價格。算是相當便宜。這是間非常奇妙的旅館。首先是在櫃檯裡面有個回教的禱告間。約一坪半大小，在外面脫了鞋上去，作那種五體投地的禱告。有這種東西的旅館，我還是第一次看到。土耳其在回教信仰方面並不是個多麼虔誠的國家，或許來到此處已靠近敘利亞的緣故，回教色彩逐漸變得非常濃。喝不到啤酒很可能也是因爲這個緣故吧；穿著短褲上街，也會遭受人們以非常嫌惡的眼光看待。甚至還有人看到我就呸地往地上吐口水。進去店理想買餅乾和礦泉水，被問道：「你是回教徒嗎？」剎那間我還以爲回答不是會不會就不賣了，但還是賣給我了。然而這裡並不是個對外地人全然友好的城市。與西西里相比也不遑多讓。

且說這間旅館，在祈禱間後面是個像中庭的開放空間，四周爲感覺如牢房的房間所包圍。是三層樓的建築。一樓是淋浴室（說來令人難以置信，這裡的水龍頭紅色的是冷水，藍色的是熱水。我直到最後一刻才發現此事，原本還氣呼呼地洗著冷水澡）。而且四處飄散著一股貨眞價實的糞臭味。只不過才三百五十圓，沒得抱怨。這個城鎮還有另外一家，據我推測可能還要差上幾分的旅館。要選擇哪一家是個人的自由。雖然只是個不值得高興的自由。

國道24號公路從旅館前通過。油罐車一輛接著一輛呼嘯而過，整晚都不曾中止。到了早上情況仍然依舊。想喝點酒就寢也沒有酒。公路上的震動使得窗戶不停打哆嗦。更過分的是到了黎明時分，我想油罐車大抵均已通過本城時，卻又響起了淒厲的警笛聲。像是在打什麼信號似的，叭嗚嗚嗚嗚嗚！地響著。雖然我疲倦已極只想要睡覺，卻三番兩次被吵醒，不禁有股強烈的衝動，想學《第一滴血II》(Rambo: The First Blood II)那樣用火箭筒將這個地方夷爲平地。

除了這條24號公路之外，鎮裡的道路都是陰暗而骯亂的道路。我們剛進城時，就在主要大街上看到一頭老牛，悠哉游哉地走來走去，好像被放養在這裡似的。這頭牛直到我們就寢前仍在遊蕩，早上出去買麵包時牠也還在悠閒地走著。或許這個城裡沒有牛棚這種東西也不一定。總之是個糟糕的地方。在我散步時，有個當地的歐吉桑問：「你是荷蘭人嗎？」我到底什麼地方看起來像荷蘭人來著？

總之，以這條有牛在散步的大街爲界，吉茲瑞這個城鎮是名副其實地被一分爲二。這是因爲鎮上有兩大家族，而這兩個家族已經連續進行了好幾代的血腥鬥爭。這也與西西里類似。這兩派的居民相互之間連話都不說。居住的地方也不同。他們以這條大街爲界，分別住在左右兩邊。而且絕對不會踏入對方地盤。這邊有郵局，而那邊有藥房。可是這邊的人不會進那邊的藥房，那邊的人也不會上這邊的郵局。不論怎麼看都像是路易斯・卡洛爾(Lewis Carrou)筆下超寫實的荒謬故事，但這畢竟是他人的國家他人的城鎮。批評還是克制一下吧。

在吉茲瑞這個城鎮裡，還發生了一件至今仍記憶鮮明的事情。我在夜裡快要十一點時去盥洗室刷牙，有個年輕人在旁邊的洗面槽洗他的黑皮靴。若只是這樣還沒什麼。不過是覺得有點不衛生，並非多麼不自然的事情。然而，他那鞋子卻仍穿在腳上，直接就這麼洗。換句話說，就是輪流把腳整個抬起來塞進洗臉槽裡直接清洗。這個姿勢怎麼看都很累人。而且還穿著襪子。那——若非親眼目睹或許各位無法明瞭——眞是幅奇妙的景象。我完全搞不懂那到底是怎麼回事。由於四目相交，我便打招呼：「晚安（Iyi aksamlar）」，對方也非常普通地打招呼：「Iyi aksamlar」。然後我刷我的牙，他繼續洗他的鞋。爲什麼非這麼做不可，我至今仍然無法理解。難道那是和回教有什麼關係嗎？是要在晚上十一點穿著鞋子洗腳？抑或穿在腳上洗鞋子？

國道24號公路沿線

我們離開無可救藥、陰慘髒亂的吉茲瑞市區，向地中海前進。中途因爲實在受夠了這條「DIKKAT公路」24號線，便順道北上造訪迪雅巴克。迪雅巴克是個庫德人的城市，一個大城市。這裡的人口大半是庫德人。因此城市四周軍事基地林立。只不過這些部隊並非在保衛這個城市，而是包圍著這個城市。在快要到迪雅巴克之前，我還順便造訪了馬丁(Mardin)。在這個城市外的一處基地，我發現野戰砲的砲口全都朝著城市的方向。若是庫德族發生暴亂，就會立刻一炮轟過去吧。這種事實在是太過分了。再怎麼樣，也只能說是他人的國家他人的城市的事情。

在伊拉克邊境的山區還感覺得到涼意，但沿著敘利亞邊境一路過來，氣溫便猛地竄高了。一暴露在陽光下，就熱得令人頭昏腦脹。總之就是熱。鼻孔裡乾巴巴的。一吸入空氣，鼻黏膜便感到刺痛。車子的空氣濾清器轉眼間便滿是塵埃。

迪雅巴克是個非常古老的城市，四周爲高聳的黑色城牆所包圍。當地居民稱這個都市爲「中東的巴黎」，並宣稱這道城牆的長度爲世界第二，僅次於萬里長城。兩著都是近乎鬼扯的誇張。其誇張的程度，就好像將沼袋（位於東京都中野區）稱爲西武線的田園調布（位於東京都大田區），或是將中畑清稱爲日本的貝比．魯斯(Babe Ruth)一樣。

這且擱下不表。自古以來，迪雅巴克均因位居交通要衝而被統治這個地區的各民族所管轄。受羅馬人統治，作爲對付薩珊(Sasan)朝波斯的最前線堡壘。其次是由波斯人取得這個城市，但是沒有多久，就又落入拜占庭帝國之手。接著是回教徒阿拉伯人到來。烏瑪依亞人(Ummayad)到來。阿巴斯王朝(Abbasids)的阿拉伯人到來。瑪爾萬王朝(Marwanids)庫德人到來，塞爾柱(Seljuk)帝國到來，白羊（Ak Koyunlu，土耳其語白羊之意）王朝突厥人(Turkman)到來，然後再度受波斯人統治，最後落入鄂圖曼土耳其之手。簡直就是個如同玄關踩腳墊一樣的城市。

我在城裡的露天咖啡座一坐下，小孩子隨即蜂擁而來。孩子們大多頂著個三分頭。皮膚黝黑，穿著髒兮兮的衣服。要說這些孩子過來幹什麼，他們什麼也沒做。只是團團圍著我站在那裡而已。而且表情一成不變地直盯著我看。什麼話也沒說。只是看著我而已。我依照慣例是來咖啡廳寫日記。每到一個城鎮，我便會找間咖啡廳或是茶館寫日記，松村君則去拍照。因爲在車上沒辦法寫字，再者旅館裡也沒有適合書寫的桌子（甚至可以說，適合做任何事的桌子都沒有）。所以在休息時，便藉著咖啡廳或是茶館的桌子，將之前所發生的事情逐一記錄整理起來。畢竟下次到了哪裡才能寫也不知道，若是可以寫的時候不寫下來，到某處一有個什麼狀況立刻就會忘記了。由於有各式各樣的事情，連續走訪的城鎮又頗爲相似，很容易就會前後搞混。若要寫些有關旅行的東西，重點就在於：不論事情大小，都要立刻盡可能詳細地記錄下來。

我不理那些孩子，不停地寫日記，並維持著這樣的態度——這些小鬼並不存在，我是獨自一個人。可是孩子們並不認輸。不論我如何視而不見默默繼續寫日記，他們都一直站在那裡不動。靜靜盯著我看。服務生偶爾會過來，像是趕蒼蠅似地將孩子們趕走。但不到五分鐘，他們就又回來了。然後圍著我，再度靜靜看著。這是場毅力競賽。我也鬧起彆扭，心想輸給這種小鬼那還得了。若是認定這種東西不存在，那就是不存在。畢竟，存在乃是以認知作爲基礎的。

但我終究還是輸了。想要在忍耐力方面勝過土耳其人，必須擁有相當強韌的神經才行。這個時候也是，我再也無法忍受孩子們面無表情的沉默，便起身付帳，走進附近一家啤酒屋。孩子們不會來這裡。雖然沒有小鬼，但這裡也是個糟糕的地方。首先就是漆黑。雖然才早上十一點，卻黑暗得像是地窖似的。而且是種令人覺得卑猥的黑暗。土耳其街上的啤酒屋這種地方，彷彿來喝啤酒是人世間的滔天大罪似的，幾乎都是昏暗、卑猥、可疑，而且還散發出一股怪味。感覺上就像是潦倒人生的集散地。客人們也都是陰鬱地板著臉在啜飲啤酒。牆壁上貼著刺眼的香豔海報。服務生不耐煩而且粗魯。當然，我認爲應該也會有不是這副德行的啤酒屋。可是我在土耳其的鄉間所光顧的啤酒屋全部都是如此。這也是土耳其的謎之一。如果我是凱末爾，一定會下令要啤酒屋更明亮些。

總之我走進這家啤酒屋，好容易落得一個人清閒，便點了杯生啤酒。嚴重的腹瀉使得喉嚨也渴了。而喝了啤酒又再度腹瀉。在迪雅巴克也沒有什麼値得回憶的事。

不對，倒是有一件好事情。

去電信局打公用電話，投進折合日幣大約二十圓的JETON（電話用硬幣）打電話到日本，原來只能講個十秒而已，卻因爲故障而持續講了二十分鐘。這眞是個奇蹟。

畢竟土耳其的電話到底很難得撥通。但總之這時發生了奇蹟，讓我能和在東京的妻子講了長達二十分鐘的公用電話。對於我把她丟下不管突然前往土耳其這件事，妻子感到非常生氣。

「怎麼連個電話也不打！你知道我有多擔心嗎？」

她氣呼呼地說。我向她解釋土耳其的電話有多麼土匪。既然公用電話打不通，那就換個方式，找機會去電信局打轉接電話，可是連沒有接通也要收費一千日圓。「那就從旅館打直撥電話啊。」她說。可是她不知道，不知道旅館裡根本沒有電話這種東西存在。但總之我和妻子講了二十分鐘。「你們兩個大男人可樂得很嘛。」她說。喂，我心想，這裡到底有什麼好樂的啊？兩個人都拉肚子，拚了命在危險的公路上駕駛，在酷熱中受煎熬，被狗攻擊，被小孩子丟石頭，從早上到晚除了麵包之外什麼也沒吃，連個澡都很久沒有洗了。哪裡有什麼樂趣可言呢？

可是我並沒有加以說明。這種事情即使在電話裡說明，也只是徒增自己的悲慘而已。也罷也罷。

根據旅遊指南的介紹，這個迪雅巴克市裡，有土耳其最無法無天的合法賣春地區。當然，我們並沒有造訪那種地方。基於好奇心，我們曾前往伊斯坦堡的合法賣春地區見識一番。那裡眞的眞的是個令人不舒服的地方。我那可憐而不知所措的性慾——若借用詹姆士・鮑德溫(James Baldwin)的方式來假設《如果性慾會說話》的話（鮑德溫著有《If Beale Street Could Talk》）——

也一時之間啞口無言。這個世上竟然還有比那裡更無法無天的賣春窟存在，我怎麼也無法想像。據說費用大約是五美元。五美元這種收費簡直是在開玩笑，我根本不想去那種地方。

這就是迪雅巴克，人稱中東的巴黎。

藍小說927

雨天炎天

作　者—村上春樹
譯　者—張致斌
主　編—葉美瑤
編　輯—李慧敏
責任企劃—楊曉憶
校　對—胡輝子、李慧敏、張致斌

總 編 輯—李采洪
董 事 長—趙政岷
出 版 者—時報文化出版企業股份有限公司
108019台北市和平西路三段二四〇號三樓
發行專線—（〇二）二三〇六—六八四二
讀者服務專線—〇八〇〇—二三一—七〇五
（〇二）二三〇四—七一〇三
讀者服務傳真—（〇二）二三〇四—六八五八
郵撥—一九三四四七二四時報文化出版公司
信箱—10899台北華江橋郵局第九九信箱
時報悅讀網—http://www.readingtimes.com.tw
法律顧問—理律法律事務所　陳長文律師、李念祖律師
印　刷—勁達印刷有限公司
初版一刷—二〇〇〇年九月二十五日
初版十六刷—二〇二四年一月二十二日
定　價—新台幣一六〇元
（缺頁或破損的書，請寄回更換）

時報文化出版公司成立於一九七五年，
並於一九九九年股票上櫃公開發行，於二〇〇八年脫離中時集團非屬旺中，
以「尊重智慧與創意的文化事業」為信念。

ISBN 957-13-3231-3
ISBN 978-957-13-3231-4
Printed in Taiwan

國家圖書館出版品預行編目資料

雨天炎天 / 村上春樹著；張致斌譯 . -- 初版 . --
臺北市：時報文化, 2000 [民 89]
面；　　公分 . --（藍小說；AI0927）

ISBN 957-13-3231-3（平裝）
ISBN 978-957-13-3231-4（平裝）

861.6　　89013599

編號： AI 0927	**書名：** **雨天炎天**
姓名：	**性別：** ______ 1.男 2.女
出生日期： 年 月 日	**身份證字號：**
______ **學歷：** 1.小學 2.國中 3.高中 4.大專 5.研究所（含以上）	
______ **職業：** 1.學生 2.公務（含軍警） 3.家管 4.服務 5.金融 6.製造 7.資訊 8.大眾傳播 9.自由業 10.農漁牧 11.退休 12.其他	
地址： ______ 縣（市） ______ 鄉鎮區 ______ 村 ______ 里 ______ 鄰 ______ 路（街） ______ 段 ______ 巷 ______ 弄 ______ 號 ______ 樓 郵遞區號 ______	

（下列資料請以數字填在每題前之空格處）

______ **您從哪裡得知本書／**
1.書店 2.報紙廣告 3.報紙專欄 4.雜誌廣告 5.親友介紹
6.DM廣告傳單 7.其他 ______

______ **您希望我們爲您出版哪一類的作品／**
1.長篇小說 2.中、短篇小說 3.詩 4.戲劇 5.其他 ______

您對本書的意見／
______ 內　　容／1.滿意 2.尚可 3.應改進
______ 編　　輯／1.滿意 2.尚可 3.應改進
______ 封面設計／1.滿意 2.尚可 3.應改進
______ 校　　對／1.滿意 2.尚可 3.應改進
______ 翻　　譯／1.滿意 2.尚可 3.應改進
______ 定　　價／1.偏低 2.適中 3.偏高

您的建議／

______

______

______

請沿虛線摺下裝訂，謝謝！

廣告回郵
北區郵政管理局登記證北台字1500號
免貼郵票

時報出版
CHINA TIMES PUBLISHING COMPANY
尊重智慧與創意的文化事業

地址：108台北市和平西路三段240號3樓
讀者服務專線：0800-231-705．（02）2304-7103
讀者服務傳真：（02）2304-6858
郵撥：19344724 時報出版公司

請寄回這張服務卡（免貼郵票），您可以——

●隨時收到最新消息。

●參加專為您設計的各項回饋優惠活動。

無限延伸藍色想像空間——無國界的小說新地帶。

藍小說

揮發感性事物：捕捉流行語調—淺藍的、海藍的、灰藍的……

寄回本卡，掌握藍小說系列的最新訊息